강석우의
아름다운 당신에게 2

내가 사랑하는 음악,
그리고 사람 사는 이야기

강석우의
아름다운 당신에게

싱긋

위험을 헤쳐나온 우리는
아름다운 사람들입니다

"제가 살아가면서 느끼는 생각이나 감정, 혹은 오래전 추억과 아름다운 음악을 엮어 보내드리는 시간입니다. 강석우의 플레이리스트."

한 코너를 시작할 때마다 이 멘트를 넣는데 오늘은 좀 달리 느껴집니다. 말이 아닌 글을 쓰고 있으니까요. 토요일마다 저의 오랜 추억들을 꺼내 말씀드리곤 했는데, 벌써 두번째 책을 묶을 만큼 시간이 지났습니다. 늘 과분한 사랑을 받고 있다는 생각도 들고요.

요즘 우리 모두는 어려운 시간을 보내고 있습니다. 사스, 메르스에 이어 코로나 바이러스로 보통 불안한 마음이 아니시죠.

특별히 안전한 장소도 없고, 어떤 조치를 취하면 바이러스에 감염되지 않을지 다들 불안해하는 상황입니다. 나만 조심한다고 피할 수 있는 것도 아닙니다. 만약 가족 중 누군가가 생각지도 못한 의외의 장소에서 알 수 없는 사람에 의해 감염될 수도 있고 또 그렇게 되면 가족 모두가 위험에 처하게 되지요. 그래서 더 불안하고 예민한 것이 아닌가 싶습니다. 가족 모두가 불편해도 외출을 삼가고 생활반경을 최소화하는 것이 위험에 덜 노출되는 길이니까, 바이러스가 소멸될 때까지는 당분간 그렇게 하는 수밖에는 없을 것 같습니다.

생각해보면 우리는 수많은 위험을 헤치고 여기까지 온 거예요. 어릴 적 생각을 해보니 아직도 기억에 남아 있는 뉴스는 식당에서 조리하고 버린 복어 부산물을 주워 먹고 간밤에 목숨을 잃었다는 안타까운 사연입니다. 아마 그 사람은 먹을 것이 없어서 식당 앞 쓰레기통을 뒤져 그거라도 먹을 수밖에 없었던 것이죠. 그런 뉴스가 심심찮게 들렸습니다. 제가 어렸을 때는 복어집이나 일식집이라면 근처에도 가보질 못해서, 이 뉴스는 저와 거리가 먼 남의 이야기 같기도 했습니다.

우리와 뗄 수 없는 위험한 일은 연탄가스 사고였죠. 집집마다 연탄을 때던 그 시절에 날이 흐리고 궂어서 기압이 낮은 날 여지없이 사고가 발생했죠. 아침 라디오 첫 뉴스는 언제나 간밤에 일어난 연탄가스 가스중독 사고를 다룰 만큼 흔한 사고였고, 많은 생명을 앗아간 사고입니다.

이런 아침에 앰블런스 소리가 나면 '아이고 또 누가 연탄가스 마셨구나' 하며 걱정하시던 부모님의 모습도 생각납니다. 연탄가스는 구들장이 깨지거나 금이 간 허술한 틈새로 새어 나오기도 했고, 아궁이 쪽으로 가스가 역류해서 방으로 스며들곤 했습니다. 우리 가족도 여러 번 연탄가스에 당할 뻔했지요. 연탄보일러는 하루에도 불이 안 꺼지게 몇 번 갈아야 합니다. 새벽에도 갈아야 하는데, 새벽에 연탄을 갈고 곤히 주무시던 어머니는 잠결에 새어 들어오는 가스 냄새를 맡고는 허둥지둥 황급하게 아이들을 깨워서 한 아이 한 아이 무사한지 확인하면서 김칫국물을 먹이시던, 반은 넋이 나간 모습이었습니다. 그 새벽에 졸린 눈으로 세 군데 아궁이의 연탄을 갈고 곤하게 잠든 어머니를 누가 깨웠을까요. 생각해보면 참 감사한 일입니다. 저뿐 아니라 우리 모두는 그런 위험 속에서 살아왔지요. 생각해보면 어이없는 사고로 세상을 떠난 사람들도 많은데, 지금 우리를 불안하게 하는 이 코로나 바이러스도 세월이 지난 후에는 어이없이 당한 인류의 불행으로 기록되겠죠. '그 시절엔 그까짓 바이러스 때문에 공포에 떨었었지' 하며 완전히 정복했다고 얘기할 날이 어서 오기를 바랍니다.

모든 위험을 헤쳐온 우리입니다. 나쁜 바이러스는 사라지고, 좋은 일들이 생기고, 이 좋은 일들이 널리널리 퍼지면 좋겠습니다. 이 책 또한 추억과 음악을 끄집어내어 서로의 어린 시절과 음악에 대해 두런두런 이야기 나누며 미소 짓게 할 수 있었으면 좋겠습니다. 애청자분들과 독자분들은 또 어떻게 여기실지, 벌써부터 궁금해집니다. 저는 과분한 사랑에 감사하는 마음으로 방송에 임하겠습니다. 어제도 그랬고, 내일도 그럴 것입니다.

2020년 2월
강석우

일러두기

- 각 글의 서두에 있는 QR코드는 편집 당시의 것으로, 사이트 사정에 따라 달라질 수 있습니다. 또한 해당 음악이 본문에서 추천한 음악과 다를 수도 있습니다.
- 인명과 곡명은 관용적으로 쓰이는 표기를 따랐습니다.
- 설명이 없는 사진과 그림은 모두 저자의 작품입니다.

차례

아내가
고마운 이유

벨리니 | 오페라 〈청교도〉 중 '사랑하는 이여, 그대에게'
조운 서덜랜드(소프라노), 루치아노 파바로티(테너), 리처드 보닝(지휘),
런던 심포니 오케스트라&코벤트 가든 로열 오페라 하우스 합창단

매년 이맘때면 그랬던가요, 잘 기억나지는 않지만 올해는 따뜻한 봄이 깔끔하게 오지 않고 더디게, 복잡하게 오는 느낌입니다. 오래전에는 봄이 오면 '봄맞이 대청소'를 했던 게 생각납니다. 학창 시절에는 교실과 교정 청소는 물론 창문도 닦고 지도하는 선생님에 따라서는 대대적으로 물청소까지 해야 했지요. 너 나 할 것 없이 모든 학생이 함께했고, 집에서도 마찬가지였습니다. 겨우내 문틈에 낀 찌든 먼지까지 닦아내야 했으니 정말 큰맘 먹고 온 가족이 대청소를 했습니다. 아무래도 겨울에는 얼

까봐 물청소를 못하니 대충대충 비질만 하죠. 구석구석까지 깨끗하지는 않았어요. 봄맞이 대청소가 집, 학교, 온 나라에서 대대적으로 이루어졌던 기억이 납니다.

올봄 저희 집엔 대청소 수준이 아니라 대공사가 벌어졌다고 이미 말씀을 드렸는데요, 먼지, 소음 등등 정말 괴로웠습니다. 1주일을 꼬박 시달렸을 때는 후회도 했죠. 그런데 공사가 끝나고 원했던 대로 마무리가 되면서 천장에 예쁜 등까지 달고 보니 기분이 썩 좋아졌어요. 주방 공사를 하고 나면 이제는 나도 본격적으로 요리를 좀 하겠다고 호언장담을 해서인지 아내는 벌써 파스타 면을 사다놓고 저를 압박해오고 있습니다. 공사를 크게 하는 김에 이것저것 많이 버리고 입지 않는 옷들도 기분 좋게 싹 정리했더니 집 전체가 가벼워진 것 같아요.

집안이 아주 심플해진 느낌인데, 그런데도 정말 최후까지 망설이며 버리기 싫은 것은 책이에요. 다시 읽을 계획도 없고 절대 그럴 만한 책이 아닌데도 과감하게 버리질 못하고 다시 책꽂이에 꽂게 됩니다. 서재가 따로 있긴 하지만 정말 제가 좋아하는 책 몇 권은 따로 보관하고 있는데, 예를 들면 고등학교 때 독일어 선생님이 소개해주었고 한참 뒤 성인이 돼서 읽은 이미륵의 『압록강은 흐른다』라든가, 미국 몽고메리시에서 벌어진 흑인들의 자유를 위한 투쟁을 그린 책 『그들은 자유를 위해 버

어머니께서 보시던 성경.

스를 타지 않았다』, 또 머리맡에 두고 아무 때, 아무 곳이나 펴서 읽어도 재밌는 책 『꼬리에 꼬리를 무는 영어』, 사강의 『브람스를 좋아하세요…』, 그리고 노벨상을 받은 일본 작가 가와바타 야스나리의 『설국』 같은 책들입니다. 이 책들은 언제나 제 옆에 두고 있습니다.

  그 책들과 같이 꽂혀 있는 두꺼운 책이 한 권 더 있는데, 그것은 바로 제 어머니가 돌아가시는 날 오전까지 읽으셨던 성경책입니다. 옛날 전화번호부 기억하시죠? 그 정도 되는 아주 커다란 성경책이에요. 어머니의 유품 가운데 버리지 못하고 갖고 있는 책인데 책꽂이에 잘 들어가지도 않을 만큼 큽니다. 책장에 보관하기가 조금 불편한데 이번에 집안 정리를 하다가 그 책을 다시 보게 되면서 고민에 빠졌어요. 이 성경책을 계속 갖고 있는 것이 나에게 어떤 의미일까. 버리자니 마음이 편하지 않을 것 같고, 그래서 결정을 아내에게 맡기기로 하고 물었지요. "이 성경책 이제 어떻게 할까? 치워버릴까?" 하고요. "그래, 그 책 이제는 정리하자." 내가 예상하던 대답은 그것이었고, 당연히 아내가 그렇게 대답할 줄 알고 물었는데 의외의 대답에 순간 뭔가에 맞은 듯 멍해지는 기분이었습니다. 벼락을 맞으면 이런 느낌일까 싶었죠. "아, 그 책, 이리 줘. 내가 잘 싸서 보관할게." 그 순간 뭐라고 한마디로 표현하기 힘든 아주 복잡한 감정이 제 마음속에서 소용돌이처럼 일었어요. 여러 생각이 드는 가운데 정말로, 참 고마운 마음이 들었습니다.

내려놓고 비운
첫번째 여행

라흐마니노프 | 교향곡 2번 E단조 Op.27 중 3악장 '아다지오'
미하일 플레트뇨프(지휘), 러시안 내셔널 오케스트라

지지난 주부터 이번주 초까지 기나긴 연휴가 이어졌지요. 한 열흘 정도였는데 살아오면서 맞이한 가장 긴 연휴가 아니었나 싶습니다. 너무 길다보니까 '지금 우리가 왜, 무슨 일로 쉬고 있지?' 하는 생각이 들 정도였어요. '아, 추석 연휴였지. 그렇다면 성묘를 가야 하지' 하는 생각을 뒤늦게 했던 기억이 납니다.

이번 연휴에는 한 가지 특별한 게 있었습니다. 과거에도 연휴는 언제나 있었지요. 그러나 보통은 사나흘 정도여서 그중 하루는 성묘 다녀오고 그후에는 집에 머물면서 명절에 개봉한 영화를 본다든가 하는 게 고작이었죠. 사실 명절이 되어도 오갈 데 없는 사람들이 꽤 많아요. 지인들 중에는 이미 부모를 다 여의어서 명절에 마땅히 갈 데가 없는 일명 '고아 클럽'이 있는데, 그저께처럼 그분들을 초대해 우리집 옥상에서 바비큐 파티를 하며 삼겹살과 약간의 와인으로 오갈 데 없는 서러움과 명절이 되면 느끼는 남모를 외로움을 달래기도 했어요. 이런 식으로 명절을 보내는 게 그간의 저의 모습이었습니다.

이번에는 연휴가 끝나갈 무렵 아내에게 "제주도에나 갔다 올까?" 넌지시 지나가는 말로 물었는데 기다렸다는 듯 아내가 흔쾌히 "좋지, 가자"라고 하는 바람에 약간 당황해 더듬으면서 물었어요. "그, 그렇다면 어, 어디서 묵으면서 무얼 하지?" 갑자기 여행 계획을 세우기 시작했고, 이제는 가족여행에서 완전히 독립한 아들과 딸에게도 지나가는 말로 "같이 갈까?" 했더니 웬일로 가겠다고 해서 '어? 이거 일이 점점 커지네' 하며 자세를 바로 잡고 앉게 됐지요.

여행에 관해서는 가족이라도 이미 아들과 딸과는 남남이 된 지 오래였죠. 물론 부모로서는 온 가족이 다 같이 가게 되면 좋지요. 행복하고, 기쁘죠. 그래서 저도 들뜬 기분에 아들과 딸에게 제안했습니다. 그렇다면 이번 여행에서는 어디에 갈지, 뭘 할지, 어떤 음식을 먹을지 너희가 알아서 정하라고요.

가족과 함께했던 제주도 바다에서.

　스케줄 정리 부담 없이 생각을 거의 비우고 간 제 인생의 첫 번째 여행이 아니었나 하는 생각이 듭니다. 지금까지는 티켓부터 숙소, 맛집, 현지 교통편, 구경거리 등등 저 혼자 조사하고 준비하느라 바빴는데 그걸 내려놓으니까 여행이 참으로 편하더군요.

　드디어 여행에서 풍경이 보이기 시작했습니다. 렌터카 예약부터 픽업, 반납은 물론, 운전도 아들이 거의 다 하고, 딸도 예쁘게 조금 하기도 했고요. 그동안 수많은 여행을 했는데 이렇게 편안한 기분은 처음 느꼈습니다. 내려놓으면 좋다고 하더니 정말 좋더군요.

　물론 그동안 시간이 흐르면서 그런 일들을 맡길 만큼 아들과 딸이 자라서 그렇기도 하지만, 나 아니면 안 된다는 생각을 버리니까 가능해진 일이기도 하죠. 그렇게 해보니까 서로가 좋아요. 저는 저대로 편안한 시간을 갖게 되고, 자녀들은 여행에 대한 책임감이 생기면서 부모를 모시고 다닐 수 있다는 자신감과 이제 제대로 성인 대접을 받는다는 그런 느낌을 갖는 것 같아요. 렌터카 앞자리에 두 아이가 앉아서 서로 좋아하는 음악을 틀어주며 목적지를 의논하고 아내와 저는 뒷자리에 앉아 그 모습을 보면서 실려가는 느낌이었다고 할까요? 행복했습니다.

방송을 하면서 많은 분들에게 내려놓을수록 가벼워지고 행복해진다고 얘기했는데 정작 나는 그간 하지 못했던 일을 이번 긴 연휴 동안 처음 하게 됐고, 그게 이런 기분이었구나 하는 인생의 새로운 맛을 느끼게 됐습니다. 엄청 행복했습니다.

이제 가을이 점점 깊어지고 있네요. 만추로 들어갈 것 같습니다.

천재가 만든 음악을 들으면
머리가 좋아질 것인가

모차르트 | 2대의 피아노를 위한 소나타 D장조 K.448 중 2악장 '안단테'
머레이 페라이어&라두 루푸(피아노)

〈아름다운 당신에게〉를 들어보신 분들은 잘 아시겠지만 전 느린 악장을 참 좋아합니다. 최근에는 브람스의 피아노 협주곡 1번 두번째 악장을 들으면서 기분이 좋았습니다. 브람스는 처음에 클라라와 연주하기 위해서 두 대의 피아노를 위한 소나타로 작곡했는데 그 곡을 다시 교향곡으로 편곡하려고 했으나 잘되지 않았고, 나중에 협주곡으로 고쳐썼지요. 그게 바로 피아노 협주곡 1번입니다. 하노버에서 공개 초연을 했는데 클라라의 일기에 의하면 '브람스의 연주가 좋았고 관객의 호응도 좋았다'

고 합니다. 그런데 닷새쯤 후에 라이프치히에서 열린 연주회에
서는 반응이 아주 참혹하고 냉담해서 브람스가 충격을 받은 것
같습니다. 그 일 때문에 피아노 협주곡 2번은 그로부터 20여 년
이 흐른 뒤에 나왔습니다. 그리고 보면 브람스는 참 진지했던
사람인 것 같아요. 한편으론 약간 소심한 성격이 아니었나 하는
생각도 들고요. 그에 비해서 모차르트는 '일필휘지'로 거침없이
곡을 쓴 사람이죠. 다작이면서도 수많은 명곡을 작곡한 걸 보면
천재라는 칭송을 금할 길이 없습니다.

그렇다면 천재의 음악을 듣는 사람도 머리가 좋아질 것인가
하는 궁금증이 생길 수 있죠. 1993년에 그것을 연구한 사람들
이 있었습니다. 미국의 프랜시스 로셔와 고든 쇼 두 박사가 대
학생들을 상대로 모차르트의 음악을 들은 사람이 과연 학습 능
력도 뛰어날지 조사를 했어요. 미국 부모들도 그런 건 궁금한
모양이죠. 하여튼 그들이 음악이 학습에 미치는 영향을 연구했
습니다. 그리고 다음해인 1994년에 논문을 발표했는데 모차르
트의 음악을 들은 그룹의 공간 추리력이 월등히 우월하다는 결
과가 나왔습니다. 그것이 '모차르트 이펙트'라는 말로 정리가
되면서 상업적으로 약간 변질되었어요. '모차르트의 곡을 들으
면 머리가 좋아진다'라고까지 와전이 된 거죠. 그 연구에 사용
된 곡이 바로 음반으로 발표가 되면서 '머리가 좋아지는 음악'

이라는 제목이 붙어 불티나게 팔렸습니다.

그렇다면 연구에 사용된 음악이 왜 하필 모차르트의 곡이었을까요? 네다섯 살 때부터 작곡을 했으니 모차르트는 틀림없이 천재일 것이고, 그런 그의 두뇌에서 나온 음악이니 분명히 듣는 사람들에게 어떤 영향을 끼칠 수 있지 않을까, 하고 유추해 볼 수 있는 일이긴 하죠. 조사 결과 궁금하시지요? 1996년 미국 입시위원회의 발표를 보니까 음악을 들은 친구들이 수학과 언어, 에세이에서 점수가 높았습니다. 그리고 고든 쇼 박사의 인터뷰 대상자였던 수학자 열여섯 명 중 일곱 명이 수학과 음악은 관계가 있고 수학을 연구할 때 음악을 듣는다고 한 결과가 나왔습니다. 특히 모차르트의 독주곡과 저도 좋아하는 두번째 악장, 즉 느린 악장은 아이들에게 영향을 준다고 연구팀에서 결론적으로 발표를 했습니다. 그 음악이 궁금하시죠? 바로 모차르트의 두 대의 피아노를 위한 소나타 가운데 두번째 악장입니다.

폭설이 내리던 날,
친구는 떠나고

스페인 민요 | 〈친구의 이별 Juanita〉
박인수(테너)

이제 곧 단풍이 붉게, 노랗게 물들고 찬바람이 불면서 나뭇잎이
낙엽이 되어 뒹구는 계절이 찾아오겠죠. 그러면 우리 마음에도
스산함이 밀려오겠고요. 이렇게 얘기하는 사람도 있어요. "아니,
이런 계절에 정말로 마음이 아무렇지도 않단 말이야?"

아주 오래전 얘기인데요.

중학교 3학년에서 고등학교에 올라갈 즈음이었어요. 그때 저
는 사춘기의 정점에 있었어요. 지나고 보니까 알 수 없이 외롭
던 그때가 바로 사춘기였는데, 당시는 사춘기가 뭔지, 그런 게

왜 있는지, 그래서 그게 감정에 어떤 변화를 주는지도 잘 모르던 시절이었습니다. 사춘기라는 것에 관해 누가 우리에게 가르쳐줬었나요? 그런 게 교과서에 있었나요? 아니면 저만 몰랐나요? 기억이 잘 나지 않네요. 그럼 갱년기라는 단어도 그때 있었나요? 하기야 우리는 그런 감정이나 그런 단어에 관심도 없었지만 그 당시에 그런 단어가 있었을까 하는 궁금증이 가끔 들기는 하네요.

사춘기, 갱년기 같은 단어나 그때의 감정을 알고 대비해서 잘 보냈다면 삶의 질도 좋아졌겠지요. 그러나 그때는 그런 것은 알아도 어찌 할 수 없는, 생존이 최우선이었던 시기였죠. 삶의 질? 그런 것을 생각할 겨를이 있었을까요. 우리의 부모님들은 며칠 후에도 과연 먹을 게 남아 있을까, 내일은 학교에 가는 애들 도시락이나 싸서 보낼 수 있을까, 늘 그런 걱정을 안고 어렵게 살았던 시절이죠. 하여튼 교과서에 그 단어가 있든 없든 저에게 사춘기가 찾아왔지요.

그해 가을에서 겨울로 이어지는 그즈음이 제가 인생에서 가장 심하게 방황했던 시절이었다고 기억됩니다. 저녁이 되어도 집에 들어가기 싫으니 밤늦게까지 헤매고 다녔고, 그런 저는 다른 사람이 보기에는 한마디로 불량소년의 모습이었겠죠. 그러나 저 스스로는 제가 착한 학생이라고 생각하던 그런 시절입니다.

그때 한 친구를 사귀게 되었는데 둘이 참 비슷한 면이 많았죠. 나는 그 친구에게, 그 친구는 나에게 우리는 이 늦은 시간에 밖을 헤매고 돌아다닐 사람들이 아니라고 위로해주곤 했는데, 서로 알게 되자마자 아주 급격하게 친해졌습니다. 시간이 흘러 나는 고등학교에 입학했고 고1 때는 그 친구와 거의 매일 만나면서 한 해가 어떻게 갔는지도 모를 정도였어요. 그 친구는 고등학교 진학을 하지 않고 이민을 준비하고 있었기 때문에 또래들처럼 까까머리나 짧은 머리를 한 학생의 모습이 아니라 당시 유행을 따르던 젊은이들의 모습이었지요. 어깨까지 내려오는 치렁치렁한 장발에 길바닥을 쓸고 다닐 듯한 통 넓은 나팔바지, 어른들은 물론이고 누가 봐도 불량소년의 모습이었습니다. 예나 지금이나 어른들은 그저 어린 사람들의 겉모습만 볼 뿐 그들의 순수하고 맑은 눈빛까지 보진 않죠. 그 친구의 그 맑은 눈빛과 선한 마음은 친구인 저에게만 보였던 거죠. 그 당시 어른들은 그걸 몰랐을 것이고, 지금의 어른인 우리도 아마 지금의 어린 친구들을 보면서 그렇게 판단하고 있을지도 모릅니다.

11월 하순 어느 토요일 오후였다고 기억되는데, 친구가 미국으로 이민을 떠나는 날이었어요. 우리의 우정을 생각한다면 나는 학교에 앉아 있어서는 안 되었죠. 그렇지만 그 당시엔 친구가 이민 간다고 배웅하러 공항에 갈 수가 없었어요. 지금은 변했을까요? 사정 얘기를 하면 학교에서 보내줄까요? 하여튼 심란하게 학교에 앉아 있는데 4교시가 시작되면서부터 날이 흐려지더니 예보에 없던 눈이 내리기 시작하는 거예요. 창밖에 흩날리던 눈은 이내 함박눈으로 변했고, 얼마 지나지 않아 거의 폭설에 가까울 만큼 펑펑 쏟아져 내렸습니다. 점심시간이 되자 학생들은 운동장으로 몰려나가 눈싸움한다고 난리가 났죠. 즐거울 수 없는 나는 혼자 운동장 가장자리를 걸으면서 폭설 때문에 친구가 탄 비행기가 뜨지 않기를 얼마나 간절히 바랐는지요. 참 오래전 일이군요. 그때의 간절했던 마음이 생각나는 계절이 서서히 다가오고 있습니다. 이 계절이 오면 생각나는 오래전 저의 추억 한 조각입니다. 우리는 서로에게서 마음의 안식을 느꼈던 거지요.

우리 학창 시절에 누군가와 헤어질 때, 선생님이 전근을 가시거나 친구가 전학을 가거나 하면 같이 불렀던 노래가 문득 생각났습니다. 많은 분들이 이 곡을 들으면 다 추억을 떠올리실 것 같습니다. 아! 폭설 내렸던 날 그 비행기요? 친구는 떠났지요.

여행,
천천히

드보르자크 | 현악 4중주 12번 F장조 Op.96 〈아메리카〉 중 2악장 '렌토'
파벨 하스 콰르텟

여름휴가 다녀오셨나요? 올해는 특별히 길었던 추석 연휴 동안 여행을 다녀오신 분들이 많을 텐데, 여행을 어떻게 생각하고 계시는지요? 여행지에 도착하면서부터 여행이 시작된다고 생각하는 분도 있을 거고, 여행을 준비하면서 이미 여행은 시작되었다고 생각하는 분, 집을 나서는 순간부터가 여행의 시작이라고 생각하는 분도 계시겠죠.

저는 요즘 두 시간 이상 걸리는 곳에는 운전을 해서 가는 일이 드뭅니다. 버스나 기차를 타고 다니죠. 언젠가부터 낮시간에 조는 습관이 생겼어요. 낮에 잠깐 자야 편안해지는데, 방송 때문에 매일 아침 일찍 일어나고 말도 많이 하고 순간순간 집중을 많이 해서 그런 게 아닌가 하는 생각을 해봅니다. 대중교통을 타면 승객들의 모습을 둘러보게 되죠. 대부분은 휴대폰을 보면서 문자를 하거나 게임을 하고 있는 것 같아요. 창밖에 펼쳐지는 광경에는 관심이 없는 것 같은데 저는 턱을 괴고 창밖을 바라보는 걸 아주 좋아합니다. 계속 한 방향만 보면 목이 아프기 때문에 가끔은 반대편 창밖도 바라보면서 목을 풀어주기도 하는데, 스쳐지나가는 야산, 개울, 야트막한 집들, 작은 마을의 모습을 보면서 이런저런 혼자만의 생각을 많이 합니다. 직선으로 뻗은 인위적인 길로 가면 도착이야 빨리 하겠지만 거기까지 가는 과정은 놓치게 되죠. 고속으로 빨리 다니면 주변을 살펴보기가 어렵고 앞 차만 보게 되는 것 아니겠습니까. 산길이나 들길, 호숫가, 꽃길, 돌부리가 많은 길…… 이런 것은 곡선의 길, 자연스러운 길로 가야 보이지요.

몇 년 전 일본 여행을 갔을 때 생각이 납니다. 후쿠오카에 머물다가 낮에 시간 여유가 있어서 평소에 가보고 싶었던 '고쿠라'라는 곳을 가게 됐는데 후쿠오카 하카다역에서 기차를 탔어요. 그 빠르다는 신칸센을 탔는데 정말 엄청 빠르더군요. 시속 300킬로미터쯤 되려나요. 고쿠라까지 한 20분밖에 안 걸린 것 같아요. 보통은 기차 창밖으로는 먼 데까지 좋은 풍경을 보게 되잖아요. 우리나라는 철로를 인가에서 멀리 떨어진 곳에 만드는데 일본은 이상하게도 주택가와 바로 붙어 있는 곳이 많이 보여요. 그래서 달리는 고속기차 안에서 창밖 풍경을 보면 초점이 잘 안 맞으니 눈이 어지럽죠. 결국은 앞에 앉은 사람의 뒤통수만 보면서 고쿠라에 다녀왔는데 그때 후회와 함께 깨달은 게 있습니다. 어차피 여행인데 뭐가 그리 급하다고 빨리 가려고만 했나, 두루두루 둘러보면서 이런저런 생각에 빠지는 것도 여행의 맛인데, 하는 생각을 하게 됐어요. 그래서 돌아오는 기차를 탈 때부터 바로 실천을 하게 됐고, 그후로는 어디로 여행을 가더라도 되도록 느리게 가는 기차를 탑니다. 일본에서도 기차 탈 일이 있으면 거의 모든 동네를 들르는 완행열차를 타고 다니지요. 훨씬 좋아요. 아무래도 시설은 좋지 못하지만, 여행 후에 기억에 남는 풍경은 훨씬 많습니다. 그때 정리한 생각도 많고요. 저는 여행의 목적지에 얼른 가기보다는 이 모습, 저 모양 보고 느끼면서 가는 과정을 더 즐기는 편이지요.

지금은 체코의 일부인 보헤미아 출신의 드보르자크도 당시로서는 신문물이었던 기차를 그렇게 좋아했다고 하죠. 미국에서 역에 기차가 들어오는 시간에 그걸 보려고 수업을 미루고 역으로 달려갔을 정도라네요. 현악 4중주 12번 〈아메리카〉를 듣다보면 연주에서 마치 기차를 타고 가는 듯한 느낌을 받을 수 있습니다.

일본 여행중에 찍은 삿포로TV탑.

인생의 바닥을
헤어나며…

브람스 | 피아노 협주곡 2번 B플랫장조 중 3악장 '안단테-피우 아다지오'
클라우디오 아라우(피아노), 베르나르트 하이팅크(지휘), 로열 콘세르트헤바우 오케스트라

〈아름다운 당신에게〉 1부 중간에 좋은 글을 발췌해서 소개해 드리는 코너가 있죠. '이야기 하나', 며칠 전에 들려드린 글인데 아마 많은 분들이 기억하시리라고 생각합니다. 여학생 시절 자율학습 시간에 옥상에 올라갔는데 친구의 권유로 아슬아슬한 난간 끝으로 가서 아름다운 시내 풍경을 내려다보게 됐죠. 동시에 자신이 죽음과 삶의 경계에 서 있다는 걸 느꼈고, 그 순간 죽음에 대한 생각보다 살아야겠다는 생각을 하게 됐다는 어느 작가의 글이었습니다.

그 글을 읽어드리면서 저는 20년 전의 일이 떠올랐어요.

1997년, 뭐에 씌었는지 남의 말에 솔깃해서 사업을 하게 됐습니다. 여러 달 준비해서 희망차게 사업을 시작하게 됐는데, 시작한 지 한두 달밖에 안 돼서 IMF라는 것이 터진 거죠. 그때 우리는 IMF가 뭔지도 몰랐고, 그 여파가 얼마나 큰지도 몰랐고, 그것이 얼마나 오래갈지도 정말 몰랐죠. 젊은 나이에 배우로 데뷔해 여기저기서 좋은 대우만 받던 사람이 사업한다고 남의 회사 방문해서 눈치보며 초조하게 기다리기도 하고 차만 한 잔 얻어 마시고는 도와달라는 본론은 꺼내지도 못하고 쭈뼛거리다 돌아서 나오기 일쑤였어요. 언제 제가 아쉬운 소리를 해봤어야죠. 체질에 맞지 않는 일이라도 애써 해봤지만 시간이 갈수록 저 자신이 측은하게 느껴지는 그런 시간들이었습니다. 시설 투자비가 제법 많이 드는 장치 산업이었던 탓에 돌이키기도 어려운 지경까지 가게 됐는데, 그렇다고 사업의 비전이 뻔한데 더 밀고 나갈 수도 없고 말 그대로 진퇴양난이었습니다. 자존심도 바닥이었고 자신감도 바닥이었고 인생의 바닥이라는 감정은 다 맛본 게 그때가 아니었나 싶습니다. 그 당시 저는 얼이 반쯤 나가서 발이 땅에 닿지도 않고 붕붕 떠다니는 그런 느낌이었어요. 그런데도 불구하고 조금 남아 있던 자존심에 가족은 물론이고 직원들, 친구에게조차 힘들다는 얘기는 할 수가 없었습니다.

말하고 싶지 않았던 거죠. 얼마 후 명절에 온 가족이 우리 집에 모여서 즐겁게 먹고 떠들고 노는데, 나는 마음에 걱정이 가득 차 불안해서 도저히 그 자리에 앉아 있을 수 없었어요. 명절 직후에 어음 할인은 되려나, 하던 일은 이어지려나, 직원들 월급은 맞출 수 있을까…… 세상에서 고립된 느낌이었죠. 견딜 수가 없어서 혼자 밖으로 나갔고 차를 몰고 텅 빈 올림픽도로를 달리는데 갑자기 죽고 싶다는 생각이 제 인생에 처음으로 들었어요. 복받쳐서 눈물이 나는데 운전하면서 차 안에서 얼마나 엉엉 소리 내 울었는지요. 물론 죽음에 대해 더는 생각을 진전시키지 않았지만 궁지에 몰려 죽음을 대면한 제 인생의 첫 기억입니다.

후에 사업을 정리하길 정말 잘했죠. 그러면서 연기를 다시 시작하게 되었고, 연기자로 다시 자리를 잡으면서 나한테 일어나는 일, 내게 주어지는 모든 것에 감사하는 마음을 갖게 됐습니다.

현재 나의 환경, 나의 모습, 내가 하고 있는 일, 다 감사하죠. 그래서 제가 라디오방송을 하면서 고맙다, 감사하다는 말을 그렇게 많이 합니다. 지금도 사업을 하자며 만나자는 사람이 꽤 있습니다. 하지만 사업 제의를 할 것 같은 사람은 아예 만나지도 않고, 우연히 동석하게 되더라도 사업 얘기는 귀담아듣지 않습니다. 오직 내가 해야 할 일, 내가 행복해지는 일만 하기로 결심했거든요. 생각하면 끔찍했던 시절이지만, 그 힘든 사업의 시간이 나에게 얼마나 큰 가르침을 주었는지, 인생의 후반으로 가는 길에 스스로를 얼마나 잘 정리하게 해주었는지 돌이켜보면 지금은 그때의 고통도 감사한 일이 됐습니다.

사랑이 아니면
못할 일

라벨 | 피아노 협주곡 G장조 중 2악장 '아다지오 아사이'
백건우(피아노), 가리 베르티니(지휘), 슈투트가르트 방송 교향악단

저의 어머니가 살아 계셨을 때 참 좋아하던 젊은 목사님이 있
었어요. 많은 교인들이 그 목사님을 참 좋아했죠. 말씀도 따듯
하게 잘하고 언제나 조용조용하고 얼마나 겸손했는지요. 그분
에게는 몸이 약한 사모, 즉 아내가 있었는데 그 아내를 얼마나
아끼던지…… 그 목사님도 제 어머니를 친어머니처럼 따랐고
두 분이 서로를 위해 기도를 많이 했어요. 저희 어머니도 그분
을 위해서 이것저것 챙겨주셨고, 제가 보기에도 특별한 사이였
지요. 그러던 중에 그분이 미국으로 공부를 하러 가게 됐죠. 가

족과 함께요. 어느 날 저희 어머니께 작별 인사를 하러 집에 오셔서 같이 식사를 하고 이런저런 얘기를 나눈 후 끝으로 같이 기도를 하고 헤어지게 되었는데, 목사님을 배웅하는 현관에서 어머니가 하신 말씀과 그때 그 장면이 아직도 제 눈에 선하고 그 목소리가 귀에 쟁쟁하게 들려옵니다. 어머니가 미소를 띠시며 하신 말씀이 "이제 미국에 가면 이 땅에서 다시는 못 보겠네요. 우리 천국에서 봅시다"였어요. 참 뜨악했죠, 그때. 좀 갑작스러운 말씀이어서 그런 느낌이었습니다. "네, 권사님." 목사님은 웃으면서 대답했고 어머니는 저에게 그 목사님을 보살펴드리라는 당부를 유언처럼 하셨죠. 얼마 지나지 않아 목사님은 미국으로 떠나셨고 그후 어머니는 세상을 떠나셨습니다. 어머니의 유언을 지키기 위해 저는 나름 최선을 다했어요

그분이 미국에서 공부하며 만난 주변의 어려운 사람을 저에게 소개하면서 도움을 요청하기도 했고, 미국에서 공부를 마치고 신학교 교수로서 중국에 전도를 하러 들어가셨는데 현지 신학교 학생들의 장학금 문제, 목사님의 주택 문제, 생활비 등등 많이 도와드렸죠. 어머니가 명령(?)하신 대로 최선을 다해서 그 말씀을 따랐습니다. 그리고 그분은 다시 한국에 와서 성수동의 작은 교회에서 목회를 하다가 얼마 전에 미국 어느 교회의 청빙을 받아서 다시 미국으로 가게 되었어요. 지난주에 같이 식사

를 했죠. 그분의 아내는 공황장애가 아주 심해서 비행기를 못 탑니다. 그래서 움직일 때마다 보통 괴로운 일이 아닌데, 이번 에는 어떻게 가시느냐고 걱정을 했더니 목사님은 비행기로 먼 저 가고, 아내는 칭다오에서 출발해 상하이에 들렀다가 태평양 을 건너서 LA에 도착하는 배편을 확보했다고 합니다. 인천에서 배를 타고 칭다오로 갔다가 거기서 LA까지 화물선을 타고 18일 동안 가야 한답니다. 배에서 세끼 식사는 제공한다고 하더군요. 아내가 LA항에 도착하면 목사님은 신시내티에서 자동차를 몰 고 왔다가 다시 신시내티까지 가야 한다고 하더군요. 신시내티 에서 LA까지 왕복 6000킬로미터를 혼자 운전해야 하는 거죠. 이게 사랑 없이 가능한 일인가요? 아마 왕복하면 보름 이상 걸 리지 않을까요? 그 얘길 하면서 배를 타고 올 아내가 걱정스러 워 그윽이 바라보던 선한 눈길이 지금도 선합니다. 아내를 사랑 하는 목사님의 마음에 탄복할 뿐이었지요.

그 부부는 미국에서 공부를 마치고 한국에 들어올 때도 미국 동부에서 배를 타고 대서양을 건너 유럽으로 갔다가 기차와 자 동차로 시베리아를 거쳐 선양으로 가서 그곳에서 목회를 하다 가 다시 배를 타고 들어왔는데 정말 힘든 여정이었죠. 열악한 환경에서 목회만 해도 벅찰 텐데 몸이 약한 아내까지 챙기느라 고생이 정말 많겠구나 했지만, 목사님은 한 번도 얼굴을 찡그리거나 아내에 대해 불만을 드러내거나 한탄하거나 힘든 내색을 하지 않았어요. 아, 사랑은 저런 거구나, 하는 감동을 받았습니다.

그 부부를 물끄러미 바라보면서, 아내가 배를 타고 태평양을 건너는 동안 목사님은 얼마나 애틋하고, 보고 싶고, 그립고, 걱정되고, 안쓰러웠을까 하는 생각을 했습니다. 요즘 텔레비전을 보면 젊은 연예인들이 나와서 나름 자신들의 사랑이 진정한 사랑이라고 자랑스럽게 이야기하곤 하는데, 진정한 사랑이요? 글쎄요. 목사님 부부의 모습을 보면서 든 생각이었습니다.

오직
조운 서덜랜드

설도 시, 김안서 역, 김성태 곡 | 〈동심초〉
홍혜경(소프라노)

제가 이미 여러 번 얘기해서 방송을 듣는 분들은 다 아시겠지만, 저는 대학 시절에 라디오를 통해서 도니체티의 오페라 〈람메르무어의 루치아〉를 처음 듣게 됐는데 그 가운데 특히 6중창이 제 귀에 아름답게 들어왔습니다. 그때 오페라의 주인공은 호주 출신의 소프라노 조운 서덜랜드였습니다. 뭐랄까요, 서덜랜드의 목소리가 나를 포근히 감싸주었다고 할까, 참 품위 있고, 따스하고, 한마디로 얘기하면 '누님'이라는 단어가 떠오르는 그런 목소리였습니다. 당대에는 마리아 칼라스라든가 레

나타 테발디, 미렐라 프레니 같은 세계적인 성악가들이 즐비했죠. 그런데도 저한테는 그때부터 오로지 조운 서덜랜드밖에 없었습니다.

어느 해 시드니에 촬영차 간 적이 있습니다. 시드니는 참 아름답고 조용하면서 구경할 곳도 꽤 많은 도시지요. 그런데 저한테 시드니는 오직 조운 서덜랜드의 고향일 뿐이었습니다. 시드니 시내에 고풍스러운 백화점이 있는데, 아마 빅토리아 백화점일 거예요. 거기에 있는 음반가게에서 서덜랜드의 음반만 골라서 사게 되었고, 물론 지금도 그 음반들은 모두 잘 간직하고 있죠. 그녀를 좋아하게 되면서 덩달아 그녀의 남편인 지휘자 리처드 보닝도 괜히 먼 친척같이 느껴지는 그런 착각에 빠지곤 했습니다.

서덜랜드가 2010년 10월 10일 세상을 떠났습니다. 그후로는 제가 열렬히 좋아하는 소프라노는 없습니다. 객관적으로 감상하게 되는 소프라노만 존재하는 거죠. 올해 우리나라를 찾은 세계적인 소프라노가 참 많았죠. 미국 출신의 기품이 넘치는 목소리 르네 플레밍, 상상 이상의 놀라운 파워를 보여준 러시아 출신의 안나 네트렙코, 예술의전당 앞자리에서 본 그녀의 노래하는 모습은 참으로 압권이었습니다. 그리고 제 생각에 가장 서덜랜드와 닮지 않았나 싶은 루마니아 출신의 안젤라 게오르규, 엊

그제 한국을 찾은 독일의 디아나 담라우, 그녀도 참 안정적이고 따뜻한 느낌의 성악가였어요. 좀처럼 만나기 어려운 현재 세계 최고의 디바 네 명의 공연을 올 한 해에 다 보게 되었으니 꿈만 같고 감사한 일이죠.

그런데 공연을 온 소프라노 모두 오페라 아리아 가운데 드라마틱한 부분을 갖고 승부하려는 모습이 역력했습니다. 역시 최고의 환호와 박수는 우리에게 널리 알려진 익숙한 아리아에서 터졌지요. 리골레토의 〈그리운 그 이름Caro nome〉이라든가, 잔니 스키키의 〈사랑하는 나의 아버지O mio babbino caro〉라든가, 〈라 트라비아타〉의 〈언제나 자유롭게Sempre libera〉 등등. 그중 백미는 디아나 담라우가 가사가 적힌 악보를 들고 무대에 나와서 우리 가곡 〈동심초〉를 부른 순간이었습니다. 전율이 일더군요.

공연을 보면서 자꾸 어떤 상상을 하게 되었는데, 지금 우리나라의 관광 적자가 어마어마하다고 하는데 이런 공연 광경을 세계에 홍보하면 얼마나 좋을까, 하는 생각이었죠. 한국 여행 위험하지 않다, 지금 이런 세계적인 아티스트들이 찾아오고 있지 않나, 하면서 불안해하는 해외 관광객들에게 알리고 싶은 마음이 자꾸 드는 거예요. 한국은 안전하다는 생각을 갖게 하고 싶은 마음. 시내에 나가보면 그전만큼 외국인 관광객들이 보이지 않아서 걱정스럽기도 한데, 실제로 관광 경기가 많이 가라앉았

다고 하죠. 오죽하면 세계적인 소프라노들의 공연을 보면서 그
런 생각이 들었겠습니까.

핸드폰 끄기가
그리 어려울까…

드뷔시 | 〈영상〉 1집 중 1곡 '물에 비친 그림자'
조성진(피아노)

〈아름다운 당신에게〉에서 제가 드리는 커피 쿠폰이 참 궁금하
신 모양이에요. 한잔 마시게 해달라는 문자가 아주 많이 옵니
다. 가격으로 보면 별거 아닌데 우리 프로그램 애청자 입장에서
는 궁금하기도 하고 받고 싶어하시는 것 같습니다. 선물이라는
것은 크고 작고를 떠나서 받으면 일단 기분이 좋죠. 방송중에
몇 번 말씀을 드렸지만 〈아름다운 당신에게〉에는 몇몇 선물이
있고, 또 있었죠. 제가 엮었던 '사랑할 수 있는 한 사랑하라'라는
CD도 있고, 지금 이 시간 플레이 리스트를 다시 엮은 저의 책

『강석우의 청춘 클래식』도 여러분께 선물로 드렸고, 그 외에도 여러 가지가 있습니다. 그런데 "정작 탐을 내야 하는 선물은 공연 선물이다"라고 여러 차례 말씀을 드렸습니다. 정말 많은 곳에서 홍보 겸 티켓 프로모션을 하고 싶어하죠. 그중에서 애청자에게 선물하면 좋을 만한 공연을 제작팀이 엄선합니다. 정말 좋은 공연이 열린다는 정보가 있는데 우리 프로그램에 그 공연의 티켓 프로모션 의뢰가 오지 않는 경우, 거꾸로 제가 그 제작사를 여기저기 수소문해서 먼저 전화해 프로모션을 진행한 경우도 있습니다. 좋은 공연을 소개하는 일도 어떤 의미에서는 〈아름다운 당신에게〉를 진행하는 사람의 의무일 수 있지요. 애청자분들을 초대하는 것도 큰 즐거움이고요. 공연에 다녀와서는 정말 고마웠다고 행복했다고 문자를 많이 보내십니다. 방송중에 그런 사연을 일일이 소개하지는 못하지만 애청자 여러분들의 문자를 고맙게 잘 받고 있습니다. 또 공연장에서 그런 기회를 통해 애청자분들을 만나는 것 또한 저의 기쁨이죠.

요즘 공연장에서의 제 습관 하나 얘기해드릴까요? 저는 이제 공연장에 휴대폰을 거의 갖고 들어가지 않습니다. 어쩌다 연락할 일 때문에 휴대폰을 들고 들어가게 되어도 공연 전에는 안내 멘트대로 반드시 전원을 끄죠. 인터미션 때도 전원을 켜지 않습니다. 객석에 앉아서 보면 연주회에 왔는지, SNS에 올릴 사진을 찍으러 왔는지 모를 정도로 환한 휴대폰 불빛이 많이 보이죠. 카메라 소리, 문자 하는 소리, 카톡 소리까지…… 음악을 감상하는 분들께는 정말로 폐를 끼치는 일일 텐데 요즘엔 점점 심해지는 듯한 느낌이 들어요. 공연중에 사진 찍고 문자 하는 일은 정말 부끄러운 짓인데 잠시지만 자존심을 접는 관객이 많아지는 것 같아서 염려가 됩니다.

외국의 연주자들이 우리나라에 공연을 오면 관객들의 열렬한 환호에 상당히 감동한다고 하죠. 그런 모습만 보여주면 좋을 텐데 휴대폰 울리는 소리, 휴대폰 떨어뜨리는 소리에, 심지어는 몰래 연주를 녹음하다가 그 녹음한 소리가 연주중에 플레이되기도 했다죠. 촬영이나 녹음이 자존심과 바꿀 만큼 그렇게 중요한 것인가 하는 생각을 여러 번 하게 됩니다. 특히 조성진씨의 공연 때도 열렬한 팬들이 많아서 그런 일이 벌어졌습니다. 그날 베를린 필과의 공연에서 조성진씨가 연주했던 곡입니다.

'컴패션'
식구가 되다

생상스 | 〈삼손과 델릴라〉 중 〈그대 음성에 내 마음 열리고〉
셜리 베렛(메조소프라노), 조르주 프레트르(지휘), RCA 이탈리아나 오케스트라

우리가 사는 사회, 우리의 대한민국, 그리고 지구촌이라고 부르는 이 세상에는 도움이 필요한 곳이 정말 많죠. 우리나라도 오래전 한국전쟁이 끝난 후 세계 여러 나라의 도움으로 폐허에서 일어날 수 있었습니다. 선교 단체의 후원이 많은 편이었죠. 이제는 우리도 세계의 어려운 곳들에 도움을 주고 있습니다. 음식이나 의약품 등 당장 필요한 것들을 지원할 뿐만 아니라 자립을 위해 병원이나 학교, 집을 지어준다든가, 농사, 목축 교육 같은 생존의 근본적인 방법을 알려주는 구호 단체들도 많아졌습니다.

지난주에 아프리카 우간다에서 온 분의 강연을 듣게 됐습니다. 집안이 경제적으로 망가지고 아버지가 타살되면서 가정 전체가 무너져버렸는데 컴패션을 만나면서 도움을 받아 공부를 하게 되었고, 박사이자 목회자가 되어 자기 나라뿐 아니라 세계 곳곳을 다니면서 강연을 하는 분이었습니다. 리치먼드 완데라라는 분이죠. 컴패션은 우리가 잘 모르는 먼 곳의 어린이를 돕는 일을 하는 단체인데 그곳을 통해서 돕는 우리의 정성은 정말 작은 것이죠. 그런데 그 열매는 우리가 상상할 수 없는 엄청난 것일 수도 있다는 것을 완데라 박사의 강연을 들으면서 깨달았습니다. 그날 예배 후 가족들과 점심을 함께하면서 아프리카나 동남아시아의 후원 인원을 열 명으로 늘리기로 흔쾌히 합의를 봤습니다. 힘을 합치면 가능한 일이죠. 세상일은 마음먹기에 달린 것이고, 결심이 확고하고 그 일을 우리 삶의 우선순위에 놓는다면 다 할 수 있다고 생각합니다. 물론 어느 정도의 사명감도 필요하겠죠.

그날 그분한테 제가 강하게 설득을 당했습니다. 저는 개인적으로 '더 멋진 세상'이라는 NGO의 홍보대사를 몇 년째 하고 있는데요, 홍보대사로서 나는 뭘 했나 하며 반성을 하게 됐습니다. 지난 월요일 저녁 설립 7주년 기념예배가 있었는데, 그날 참석한 바이올리니스트 정경화 대사님은 아프리카 현지에 가

컴패션 식구가 된 기념으로 찍은 가족사진.

서 평화를 기원하는 연주도 하시고 예술의전당에서 후원의 밤 독주회를 무료로 열어주시기도 했죠. 그런데 저는 정말 한 게 없더라고요. 그 자리에 앉아 있는데 굉장한 부끄러움을 느꼈습니다.

모임을 마치고 오면서 같이 갔던 아내에게 "시간을 내서 어디든 봉사 현장에 다녀와야겠다"고 결심을 얘기하자 아내는 그럼 〈아름다운 당신에게〉는 어떡할 거냐고 물었죠. 사실 〈아름다운 당신에게〉가 그간 봉사 현장에 가지 않은 저의 핑곗거리였죠. 그런데 청취자분들께서도 그런 일 때문이라면 며칠 자리를 비우는 정도는 양해해주실 거라고 아내에게 얘기했는데 제 생각이 맞죠? 저에겐 큰 결심을 하게 된 한 주였습니다.

오락부장?
내가!

A Sousa Collection
캐나디언 브라스

〈아름다운 당신에게〉에는 애청자 여러분들의 상상보다 훨씬 더 많은 문자가 매일 오고 있습니다. 그 가운데 학기 초가 되면 심심찮게 오는 문자가 있는데, 우리 아들이, 우리 딸이 이번에 반장 선거에 나간다, 전교 회장 선거에 나간다, 그런 문자입니다. 최근에도 '딸아이가 전교 회장 선거에 나가게 되었는데 엄마인 나도 이렇게 떨리는데 우리 딸은 얼마나 떨릴까요'라는 문자가 왔어요. 학창 시절에 저는 그런 벼슬(?)자리에 나간 경험이 없기 때문에 그 문자를 주신 어머니가 어떤 심정인지 알 길이 없었어요. 물론 제 어머니도 그런 떨리는 심정은 경험해보지 못하셨지요. 결국 저는 어머니의 심장에 무리를 드리지 않은 보기 드문 효자였던 셈이군요.

중학교 때를 생각해보니 전교 회장을 하던 친구는 뭔가 달랐던 것 같아요. 우리하고 동기인데도 우리보다는 좀더 어른스러웠던 것 같기도 하고요. 새 학년이 되어서 반이 바뀌면 반장, 부반장, 그리고 여러 임원을 뽑죠. 보통은 학생들이 추천을 해서 뽑게 되는데 저는 학창 시절에 그런 감투에는 관심도 없었고 좋아하지도 않았죠. 사람들 앞에 나서는 것 자체를 싫어했으니까요.

중학교 2학년 때인가 학급 임원을 뽑는 날이었는데, 반장, 부반장을 학생들이 자유롭게 추천해서 자율적으로 뽑는 형식을 취하기는 했지만, 아무래도 담임 선생님의 입김이 좀 개입이 됐던 것 같습니다. 글씨를 잘 쓰면 서기로 뽑히고, 그림을 잘 그리면 미화부장으로 뽑히죠. 그 가운데는 정말 왜 뽑아야 하는지 모르겠던 체육부장도 있었죠. 하여튼 그러다가 그날 나와 친한 녀석 몇몇이 작당을 해서 낄낄거리며 저를 오락부장으로 추천했습니다. 저는 얼굴이 벌게져서는 손사래도 모자라 발버둥까지 쳤는데, 담임 선생님은 그게 녀석들의 장난이란 걸 알면서도 오락부장은 하려고 나서는 학생이 없으니까 웃으면서 얼른 저를 통과시켰습니다. 하기야 오락부장은 재밌고 장난스러운 역할이니까 웃으면서 장난처럼 통과시키는 게 맞을지도 모르지요. 저는 정말 황당했어요. 이건 우리 가문에 없는 일이라고 절대 못한다고 길길이 뛰어도 이미 돌이킬 수가 없었습니다.

그후로 체육대회가 열리면 저는 친구들 앞에 나서야 했고, 꿈에서도 해본 적이 없는 337박수, 기차박수를 유도해야 했는데 제가 봐도 참 어색했지요. 소풍을 가서는 개그 같은 만담도 해야 하고 친구들은 물론이고 선생님들까지 웃겨야 하는데 많은 사람들 앞에서 그게 어디 쉬운 일입니까? 괴롭습니다. 내 체질이 아니어서 더 괴로웠지요. 그런데 그때는 오락부장으로 뽑혔다는 게 어린 생각에도 자존심이 상했어요. 오락부장은 사실 친구들 사이에서도 좀 우스운 존재죠. 아무래도 반에서 좀 까부는 애들이 했으니까요. 좋은 말로 하면 주변 사람들을 즐겁게 하고 웃게 하는 대단한 역할이지만 제 마음은 영 편치 않았습니다. 지금 생각해봐도 그 시절 오락부장으로서 보낸 1년은 내 인생의 유쾌한 기억은 아닙니다. 그래도 그것이 제 인생 최초의 감투였군요. 그후로는 고등학교 총동창회 회장도 하고, 이번에 새로 창단된 대학 동문합창단의 단장도 맡게 되었으니 그때에 비하면 분에 넘치는 큰 감투를 쓰고 있긴 한데……

자! 그 시절 중학교 때를 생각하면 조회가 끝나고 교실로 입실할 때 나왔던 그 음악이 떠오릅니다.

우리는 언제든지 그대들을
안아줄 수 있습니다

스비리도프 | 〈눈보라〉 중 〈Old Romance〉
블라디미르 페도세예프(지휘), 모스크바 방송 교향악단

몇 년 전에 연기자 최진실씨가 스스로 세상을 떠났을 때 많은
분들이 정말 슬퍼했어요. 저 역시 MBC에서 〈약속〉이라는 미
니시리즈를 같이 하면서 고생도 많이 했는데 웃는 모습이 예쁜
사랑스러운 후배였어요. 참 안타까웠습니다. 그런데 그 일이 있
고 나서 얼마 지나지 않아 온누리교회의 하용조 목사님 비서실
에서 전화가 왔어요. 하목사님께서 절 좀 만나고 싶어하신다고
요. '나를? 무슨 일일까' 하며 시간을 정해 찾아뵈었죠.

　하용조 목사님은 미소만으로도 인자한 분이라는 걸 알 수 있

었습니다. 연예인 교회로 목회를 시작하신 분이라 그런지 우리의 생활을 아주 잘 알고 이해하는 분이라는 느낌을 받았죠. 화려함 뒤에 숨겨진 연예인들의 공허함도 알고 계셨고, 우리가 갖고 있는 미래에 대한 불안감, 내면의 허약함까지 속속들이 잘 아셨습니다. 차를 마시면서 최진실씨 일을 꺼내시며 대중에게 영향력이 있는 연예인들의 자살이 너무 안타깝다고 하시더라고요. 그러면서 가만히 생각해보니 강석우씨가 할일이 있는 것 같다고, 저더러 후배들의 자살을 막으라고 말씀하시는 거예요. 그래서 제가 "저도 깊이 공감하지만 누가 그럴 사람인지, 그런 일이 벌어지기 전에는 알 수 없지 않습니까" 하고 조심스럽게 말씀드렸어요. 그랬더니 목사님께서 "관심을 갖고 연예계 뉴스를 들여다보면 예상되는 사람이 있지 않겠나" 하셔서 "알겠습니다" 하고 나온 일이 있었습니다. 그게 하용조 목사님과의 첫 만남이었고, 그날의 만남이 제가 온누리교회에 나가게 된 계기가 됐습니다.

얼마 후 남편의 자살 때문에 힘들어하는 어떤 여성 연예인의 기사가 제 눈에 띄었습니다. 하용조 목사님께서 제게 하신 당부가 생각나서 제가 만나자 그랬죠. 물론 그 친구와 직접 아는 사이이긴 하지만 무슨 일인가 하며 놀랄지도 몰라 어떤 사람에게 부탁해서 격식을 갖춰 식사 초대를 했지요. 근사하게 점심식사

대접을 했습니다. 저녁에도 잘 마시지 않는 와인을 대낮에 곁들이면서 위로도 하고 격려도 하고 '혹시라도 너 이상한 생각 절대 하지 마라'라는 메시지를 은근히 전달했죠. 그런데 그날 그 친구의 지나온 얘기를 쭉 듣다보니까 그 친구는 절대 그럴 사람이 아니었어요. 제가 잘못 짚은 거였죠. 그 친구는 그후로 지금껏 방송 생활을 잘하고 있습니다. 어쨌든 참 다행한 일이지요.

이번에 아이돌 그룹 샤이니의 종현씨의 일을 뉴스를 통해 보면서 이제는 정말 연예인들의 답답한 마음을 따뜻하게 공감해주고 위로해줄 누군가가 필요하다는 생각이 들었습니다. 살다보면 누구에게도 말할 수 없는 부끄러운 비밀 같은 게 생기기도 하죠. 또 억압을 느끼는데 어디 얘기할 데가 없어 공포를 느끼는 일도 있을 수 있고요. 어렸을 때는 불가항력적이라고 느껴지던 일이 나이가 들고 나서 보니 별것 아니었구나, 하고 생각할 때도 많지 않습니까. 살면서 감당하기 힘든 엄청난 먹구름이 다가오면 무섭고 피하고 싶죠. 앞이 보이지 않으니 때로는 인생마저 포기하고 싶은 마음이 들 수도 있겠죠. 그런데 그렇게 위협적인 먹구름도 막상 부딪혀보면 한낱 물방울에 지나지 않습니다. 먹구름 위에는 언제나 찬란한 태양이 빛나고 있고요.

그런 얘기를 지금 고통스러워하는 젊은이들에게 해주고 싶어요. 젊은 친구들이 원하면 언제든지 은밀히 만나서 고민을 들어주고 상담도 해줄 수 있는 마음 열린 선배 그룹의 명단을 발표할 필요가 있겠다는 생각을 하게 됐습니다. '우리는 언제든지 그대들의 얘기를 들어줄 수 있고 그대들을 안아줄 수 있다.' 가슴 아픈 뉴스를 이제는 부모의 마음으로 보면서 한 생각입니다.

또하나의 좋은 말
'대기만성'

베토벤 | 피아노 협주곡 1번 C장조 중 2악장 '라르고'
알프레드 브렌델(피아노), 사이먼 래틀(지휘), 빈 필하모닉 오케스트라

12월 30일. 오늘쯤엔 올 한 해를 한번 돌아봐야 할 것 같죠. 저는 올 한 해 잘 보내서 감사하고 가족 모두 건강했으므로 더욱 감사한 마음입니다. 아들은 제대 후에 대학을 마치고 취직해서 자기의 길을 걷기 시작했는데 요즘 인생이 만만치 않다는 걸 느끼고 있는 것 같아요. 야근도 하고, 회식도 하고, 일 때문에 가끔 집에 안 들어오기도 하는 걸 보면 사회생활에 잘 적응하고 있는 것 같아요. 딸아이는 대학 졸업 후에 여기저기 영화나 드라마 오디션을 보러 다닌다는데, 아직 출연 스케줄이 없는

걸 보니 뭔가를 좀더 준비해야 하는가봅니다. 오디션을 준비하는 과정 자체가 공부이고 연습이니까 그런 시간이라면 얼마든지 감내해야 하지요. 혹시라도 제가 딸의 일에 관심을 갖고 여기저기 부탁 전화를 한다든가 하는 일은 절대로 없을 겁니다. 연기는 스스로 느끼고 스스로 터득하고 배워야 하죠. 왜냐하면 자기가 느낀 감정을 스스로 표현할 줄 알아야 하는 것이니까요. 그래서 충분한 준비 기간은 반드시 필요하고 그 기간이 길다 해도 그건 결코 손해나는 일은 아닙니다. 스스로 헤쳐나가야 할 일이라는 걸 제 딸도 이미 알고 그렇게 가고 싶어하는 것 같습니다. 연기를 포함해서 "인생은 그리 급할 거 없다"고 가끔 얘기해주는 게 딸에 대한 제 관심 표현의 전부죠. 대기만성이라는 말이 있는데 저는 그 말이 참 좋습니다. 연기자로서도 대기만성인 연기자, 참 좋지 않습니까.

요사이 개인적으로는 KBS 주말드라마 〈아버지가 이상해〉를 잘 마쳐서 마음이 흡족하고요. 살면서 처음으로 감사하게도 책을 냈고, 9월에는 〈그리움조차〉, 10월에는 〈4월의 숲속〉, 이렇게 연이어 가곡을 발표했죠. 그 모든 게 제 인생의 계획에 없었던 일이었습니다. 노랫말을 쓰고 곡을 붙이는 것은 살아오면서 상상조차 해본 적이 없는 일인데, 그런 일들이 마치 저의 계획에 원래 있었다는 듯 너무나 자연스럽게 이루어졌죠. 그리고 벌

드라마 〈아버지가 이상해〉에서 극중
가족사진.

써 세번째 가곡의 작사, 작곡을 마무리했습니다. 잘 매만져서
적당한 때에 발표하도록 하겠습니다.

　올해 가장 기억에 남는 일은 아무래도 지난 2월 2일 예술의
전당에서 있었던 〈아름다운 당신에게〉 공연이죠. 그날의 열기
는 지금도 느껴지는데, 그때 드레스 코드였던 빨간색, 애청자
여러분들도 기억하시죠? 돌이켜보면 쉽지 않은 일들을 어떻게
그렇게 척척 해냈을까 싶어요. 정말로 애청자 여러분들의 사랑
과 관심 덕분이었습니다. 그런 일들을 해오면서 〈아름다운 당
신에게〉 애청자 여러분들이 함께해주신다면 앞으로도 무슨 일

이든 가능할 거라는 자신감을 갖게 됐습니다.

내년에도 애청자 여러분들을 믿고 이것저것 아이디어를 내보겠습니다. 새 음반도 준비해야 하고, 『강석우의 아름다운 당신에게』두번째 책도 내야 하고, 여러분과 약속한 가곡의 밤 준비 등 할일이 많습니다. 그리고 이미 홍보가 되고 있는 '강석우의 온에어 콘서트'가 있고요. 3월로 날짜가 잡혔는데요, 〈아름다운 당신에게〉 공연에서 여러분들을 직접 만날 수 있는 자리가 준비돼 있습니다. 기억해주시고 2018년도 함께해주시기 바랍니다. 올해 마지막 플레이 리스트의 음악은 어떤 곡으로 할까 고민하다가 한 해를 돌이켜보면서 조용한 음악과 함께 생각하는 시간이 되었으면 좋겠다는 의미로 골랐습니다.

와!
우리집에 더운물이 나오다니

안톤 루빈스타인 | F장조의 멜로디
필리프 앙트르몽(피아노)

2018년도 벌써 한 주일이 지나가고 있습니다. 요즘 참 춥죠. 춥다고 느끼면서도 어릴 적 초등학교 시절에 비하면 덜 춥다는 생각이 듭니다. 그땐 정말 추웠어요. 대기오염도 덜 됐기 때문이라는 이유도 있는데, 아무래도 공기가 지금보다는 깨끗했을 테니까 더 차가웠겠죠. 그리고 무엇보다도 우리가 당시에 입던 옷은 지금과는 비교가 안 될 정도로 보온성이 형편없는 것들이었죠. 지금은 얇으면서도 따뜻한 옷이 얼마나 많습니까. 가격도 싸고요.

그때는 스웨터도 짜임이 엉성했었지요? 겉옷도 신통치 않았고요. 지금도 기억나는 겉옷이 있는데 나일론 소재의 점퍼였어요. 속에 오리털은 고사하고 값싼 닭털도 안 들어갔을 거예요. 얼마 입다보면 얇은 솜이 한곳으로 뭉치던 기억이 납니다. 어쩌다가 난롯불 가까이서 불이라도 쬐다보면 그 열기에 확 오그라들어서 옷이 못 쓰게 되죠. 새 옷을 샀는데 쪼그라들어서 못 입게 되면 참 난감했습니다. 저도 그런 경험이 있어요. 교회의 커다란 석유난로 곁에 갔다가 새로 산 나일론 소재의 겉옷이 쪼그라들었는데, 그때 어머니가 내쉬었던 깊은 한숨이 생각납니다. 새 옷을 사주기에는 경제적으로 쉽지 않고, 그렇다고 추운 겨울을 나야 하는데 안 사줄 수도 없고…… 제가 초등학교, 중학교 다닐 때 겉옷은 거의 누구나 단벌이었어요. 그래서 겉옷이 어떤 사람의 트레이드마크가 되기도 했죠. 겨우내 맨날 같은 옷만 입었으니까요. 그때는 추위를 이길 수 있는 방법으로 내복이 필수였는데, 중고등학생 때에는 내복이라는 것이 어린 사나이(?)의 자존심과 결부가 되어 있어서 덜덜 떨면서도 잘 입지 않았습니다. 또 내복을 입으면 놀리는 친구들도 있었고요. 그 습관이 남아서 그런지 저는 지금도 내복은 잘 입지 않습니다. 아주 추운 겨울밤 야외촬영이 있는 날에만 챙겨 입죠.

요즘에는 핫팩이라는 게 있어서 참 편하죠. 또 기모 바지라는 게 나와서 아주 추운 날은 내복 대신 그걸 입고요. 참 요즘 옷들 보면 기능 좋고 가격도 비싸지 않으면서도 다양하게 얼마나 많은지요. 그렇게 보면 세상 살 만해졌습니다.

저희 학생 때는 거의 걸어다니거나 어쩌다 버스를 타도 난방이라곤 전혀 안 되니까 항상 추웠지요. 버스에 에어컨이나 히터는 아예 없었고, 안으로 찬 바람이 들어와도 항의하는 승객도 없었지요. 운전석 옆에 있는 엔진 위에 앉으면 따뜻해서 행복했던 생각이 납니다. 지금이라면 못 견딜 것을 당연한 일로 알았던 그런 시절입니다.

아침에 일어나서 세수할 때 수도꼭지를 틀면 금방 더운물이 나와서 참 좋아요. 그걸 보면서 가끔 저는 혼자 빙그레 웃습니다. 어린 날을 떠올리면 '아니, 집안에 수도꼭지가 있다니' '수도꼭지를 틀면 더운물이 나온다니' 하는 생각이 듭니다. 참 신기한 일이에요. 추운 겨울 실내에서 따뜻한 물로 세수를 할 때면 감사한 마음이 들기도 하면서 남의 물건을 거저 쓰는 것처럼 미안한 생각도 들어요. 아마 어린 시절 겨울에도 차가운 물로 머리 감고 세수했던 괴로운 기억이 아직 저한테 강하게 남아 있기 때문이 아닐까 해요.

이번 겨울 추위가 길게 이어집니다. 이 겨울도 가겠죠.

세실극장 계단에서
인생을 배웠다

김수철 | 영화 〈두 여자의 집〉 OST 중 〈외로운 침묵〉

최근에 세실극장이라는 공연장이 곧 문을 닫게 되었다는 뉴스를 보았습니다. 지금쯤은 닫았겠군요. 신문 기사를 보니까 1976년에 개장을 했다는데 제가 처음 그곳에 간 것이 1977, 78년쯤 됩니다. 연극영화과가 있는 대학은 학교마다 졸업을 하면 선배들을 따라 들어가게 되는 극단들이 있죠. 동국대학교는 선배님들이 만든 '맥토'라는 극단이 있었는데, 그 극단은 세실극장과 당시 명동에 있던 엘칸토 극장에서 공연을 많이 했어요. 저도 대학을 졸업하고 정말 별 볼 일 없고 오갈 데도 없었던 때가 있었습니다. 남들 눈에는 제가 빈둥거리는 걸로 보였겠지만 저 스스로는 그런 생활도 연기자가 되기 위한 준비 과정이라고 위안하며 꿋꿋이 버티던 그런 시절이었어요.

세실극장에서 선배님들이 연극을 올리면 그 공연이 마치 자기 작품이라는 듯 내 일처럼 첫 공연부터 그곳에 가는 겁니다. 누구도 오라고 한 적은 없었죠. 그런데 가보면 선배님들이 다들 기다리고 계십니다. 연극의 첫 공연은 언제나 부산하죠. 소품 준비도 덜 됐고 이것저것 손이 많이 필요한데 저희 같은 후배들의 등장은 천군만마였던 모양이에요. 공연 직전, 관객이 과연 얼마나 올까 참 궁금했죠. 지금 같은 예매 시스템은 전혀 없던 시절이니까 공연 시간이 되어봐야 흥행에 성공할지 어떨지 알게 되는 겁니다. 큰 기대 안 하고 있다가 의외로 관객이 몰린다 싶으면 얼른 밖에 나가서 줄도 세우고 매표소 앞에 서서 돈 들어가면 표 나오는 조그만 구멍에 대고 '두 장이요' '네 분입니다', 이런 말을 하면서 매표를 돕기도 했죠. 그런 일이라도 해야 공연 끝나고 하는 뒤풀이에 가서 편하게 앉아 있을 수 있었습니다. 물론 아무 일도 안 했다고 해서 눈치 주는 선배도 없었지만요.

사나흘 하는 연극 공연에 거의 매일 출근하듯 가는 거죠. 거기서 친한 선배님들을 만나 시간을 보내는 게 참 즐거웠습니다.

공연의 막이 오르면 우리는 세실극장 계단에 옹기종기 모여 앉아서 한없이 수다를 떨었는데, 당시 우리는 '수다 떤다'라고 하지는 않았고요. 그때 우리가 애용하던 용어는, 예쁜 말은 아니지만 '구라 친다' '이빨 깐다'였습니다. 아무튼 그렇게 이빨을 까면서 시간을 보냈습니다. 제 인생에서 그 시절 그 시간은 참으로 행복하고 즐거웠던 것으로 기억됩니다.

한번은 새로운 연극이 무대에 올랐습니다. 연극 가운데 세 명의 악사가 무대 위에서 연주하는 장면이 있었죠. 사실은 객석에서는 눈치채지 못하게 공연을 하면서 알게 모르게 배우들끼리 무대 위에서 장난도 많이 칩니다. 악사로 출연하는 배우들과 연출자 모르게 짜고는 제가 무대에 등장을 했습니다. 연주도 연기였기 때문에 실제로 악기 소리가 나진 않고요. 3인조 거리의 악사를 앞에 두고 원래 배역에는 없던 지휘자 역을 만들어서 무대에 올랐죠. 세 명의 악사 앞에서 마치 커다란 오케스트라를 지휘하듯이 진지하게 연기를 하니 배우들이 저와 눈이 마주친 순간 웃음을 참느라 정신을 못 차렸죠. 주연 배우들에게서 시선을 빼앗는 약간의 코미디가 되는 바람에 객석 뒤편에서 그 모습을 보고 있던 연출자 선배가 저를 잡으려고 슬쩍 문밖으로 나가는 게 보였습니다. 저도 잽싸게 무대에서 나와 좁은 분장실 복도를 지나 후문으로 튀었죠. 그날은 아쉽게 뒤풀이에도 못 갔

영화 〈두 여자의 집〉 포스터.

고 혼자 도망치듯 집으로 돌아갈 수밖에 없었는데, 그다음날 아침이 되어 갈 데가 없으니까 난감하데요. 약간 불안한 마음을 안고 세실극장으로 향할 수밖에 없었는데, 연출자 선배 눈치 살살 보면서 미안한 표정으로 극장에 나타나면 그걸로 끝나는 거죠. 세실극장은 사람들과 같이 놀고 떠들고 장난치고 일도 하고 미래를 걱정하기도 했던 몇 년 동안의 놀이터였습니다.

1982년에 저의 첫 드라마 〈보통 사람들〉을 시작하고 제가 금세 유명해지면서 발길이 조금씩 뜸해지긴 했지만, 그래도 짬이 날 때마다 세실극장에 갔던 기억이 납니다. 세실극장 그곳은 무대에서 연기하며 청춘을 보낸 많은 선배들뿐만 아니라 극장 앞 계단이 주무대였던 저에게도 잊지 못할 추억의 장소입니다.

1980년 데모가 한창이던 때, 1987년도 민주화의 역사적인 날에도 저는 시청 건너편 세실극장에 있었습니다. 그 당시에 제가 촬영하던 영화는 〈두 여자의 집〉이라는 작품인데, 그 영화의 OST 가운데서 한 곡 듣지요.

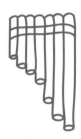

쇼팽의 나라
폴란드

생상스 | 〈죽음의 무도〉 Op.40
맬컴 스튜어트(바이올린), 미셸 플라송(지휘), 툴루즈 카피톨 국립 오케스트라

동계올림픽이 2월 9부터 열리죠. 얼마 안 남았습니다. 2002년 월드컵을 많은 분들이 기억하실 텐데 벌써 15년이 지났습니다. 올림픽을 유치할 때 흥분했던 기억부터 따지면 벌써 20년 전이 되는 겁니다. 월드컵 때는 우리 가족도 네 개 도시의 스타디움을 찾아서 축구를 즐겼습니다. 요즘 말로 '직관'을 했는데 여러 달 전에 예매를 해야 했었죠. 전주, 대전, 부산, 제주 네 도시를 갔는데, 개최국인 우리 대한민국의 경기는 이미 좋은 자리는 다 팔렸고 표가 좀 비싸기도 해서 아쉽게도 보지 못했습니다. 대전

과 전주는 당일치기로 가서 보고 올라왔고, 부산과 제주는 1박을 할 수밖에 없었죠.

우리나라 대표팀의 경기가 아니어서 열기는 덜했지만, 그래도 프랑스, 독일, 폴란드의 경기여서 그 나라 출신의 세계적인 스타들을 보는 재미가 있었습니다. 독일의 전설적인 골키퍼 칸이라든가 프랑스의 지단, 앙리, 트레제게 같은 선수를 멀리서나마 직접 봤지요. 유럽 축구를 통해 이미 눈에 익은 그 선수들의 몸동작에는 친근한 느낌마저 들었습니다. 제일 기억에 남는 건 전주 월드컵 구장에서 열린 폴란드와 포르투갈의 경기였는데, 그날은 경기 시작 전부터 장대비가 내리는 바람에 수중전이 벌어지게 되었지요. 물이 흥건히 고인 축구장에서 경기하는 선수들은 힘들었겠지만 관중석에 앉아서 보는 사람들은 색다른 재미가 있었어요. 관중석 위에는 비를 막아주는 지붕이 있었기 때문에 우리는 비를 안 맞았죠. 멋진 라이트가 비추는 푸른 잔디 위에 쏟아지는 빗줄기는 정말 장관이더라고요. 수중전으로 고생한 선수들에겐 미안하지만 그날은 경기보다 빗줄기가 더 기억에 남았어요.

그 당시 폴란드는 저에게는 정말 관심 없던 나라예요. 바웬사라는 정치 지도자가 있다는 걸 아는 정도였죠. 퀴리 부인, 교황 바오로 정도가 기억나는 나라인데 15년이 지난 지금, 또 〈아름다운 당신에게〉를 진행하는 지금 폴란드는 너무 친근하고 한 번 꼭 가고 싶고, 어떤 아련함마저 느껴지는 나라가 되었습니다. 물론 쇼팽 때문이죠. 또 피아니스트 아르투르 루빈스타인도 있고요. 아마 지금의 저였다면 월드컵 때 폴란드 축구팀을 아주 열렬히 응원했을 거예요. 쇼팽의 나라이기 때문이죠. 한 뛰어난 인물이 그 나라의 이미지 제고에 어마어마한 기여를 한다는 걸 우린 이미 알고 있습니다. 오스트리아라는 나라의 이미지를 모차르트가 책임지듯이 말이죠. 얘기가 옆길로 흘렀습니다.

이제 평창 동계올림픽이 얼마 안 남았는데 혹시 표를 예매하셨는지요. 그냥 댁에서 편하게 텔레비전으로 보실 계획인가요? 그것도 좋죠. 그런데 추워서, 오가는 길이 번거로울 것 같아서 온 국민이 텔레비전으로 집에서만 보면 그 역사의 현장인 스타디움은 누가 채울지 제가 괜히 걱정이 됩니다. 평창 동계올림픽은 전 세계에 중계가 되는데 관중석도 꽉 차고 응원의 열기도 뜨거워야 다른 나라에서도 볼만하지 않겠습니까. 그래야 주최국으로서 체면이 서기도 할 테고요. 2002년 시청 앞의 빨간 셔츠 입은 붉은 악마의 응원은 세계적인 뉴스 아니었습니까. 우리나라의 역동적인 이미지 제고에 크게 기여했죠.

이번 동계올림픽에서는 세계인들이 우리의 어떤 모습을 보게 될까요? 춥고 오가는 길도 막히고 숙소도 좀 불편하겠지만,

그럼에도 한두 경기는 현장에서 직접 보셨으면 좋겠습니다. 스포츠 분야에서도 역사의 현장에 서 있는 것은 뿌듯한 일입니다. 가족들, 특히 자녀들에게 좋은 선물일 수도 있습니다. 우리나라에서 열리는 세계적인 대회를 미리미리 예약하고 찾아가고 관전하면서 응원하는 것도 괜찮은 습관이고, 삶을 적극적으로 사는 태도가 아닌가 합니다. 동계올림픽 하면 우리 국민들이 떠올리는 곡을 준비했습니다.

"제가
모차르트의 아들입니다"

프란츠 크사버 볼프강 모차르트 | 8개의 독일 가곡 중 5곡
바바라 보니(소프라노), 맬컴 마르티노(피아노)

지난주에 롯데콘서트홀에서 저의 이름을 건 온에어 콘서트 첫 번째 공연이 있었습니다. 올해 모두 일곱 번의 콘서트가 롯데콘서트홀에서 예정되어 있는데, 이번 첫 공연은 걱정과 고민도 많이 했는데 그만큼 준비도 성실히, 촘촘히 했더니 생각대로 잘된 것 같습니다. 참석자들의 블로그를 통해서 공연 리뷰를 보니까 마음이 좀 놓입니다. 다음달에는 더 재밌게, 여러분들 마음에 쏙 드는 공연을 하도록 준비하겠습니다. 아마 잘될 겁니다.

이번 1월 공연의 주제는 모차르트였는데, 첫 공연을 앞두고 모차르트에 대한 여러 문헌과 자료를 찾아보면서 드는 생각이 있었어요. 아주 오래전, 1986년인가에 개봉한 〈아마데우스〉라는 영화를 통해 알려진 모차르트의 이미지에는 문제가 있다는 것이었습니다. 물론 '영화는 영화다'라는 사실은 저도 알고 있죠. 그렇다면 살리에리의 관점이 아니라 모차르트의 관점에서 보는 영화가 제작되어도 좋겠다는 생각을 하게 되었어요.

모차르트의 생애 마지막 해인 1791년에 작곡된 〈성체 안의 예수Ave Verum Corpus〉, 그리고 여덟 마디까지밖에 작곡을 못하고 세상을 떠나게 된 〈레퀴엠〉 가운데 〈눈물의 날Lacrimosa〉······ 글쎄요, 어떻게 생각하시나요? 영화에서 그 천재성을 표현하기 위해 다소 희화화된 모차르트의 이미지로는 상상조차 할 수 없는 그의 신앙의 깊이나 작곡에 임하는 학구적 자세, 진지한 접근이 이 곡들에서 느껴지지 않나요?

그리고 모차르트의 아내 콘스탄체도 많이 왜곡되어 있어서 참 아쉬웠어요. 모차르트와 콘스탄체 사이에서는 여섯 자녀가 태어났는데 안타깝게도 둘만 살아남았죠. 남은 두 자식 중 카를 토마스 모차르트는 공무원 생활을 하다가 후손 없이 세상을 떠났다고 기록되어 있습니다. 그리고 콘스탄체는 또다른 자식 프란츠 크사버 볼프강 모차르트를 영화에서는 모차르트를 독살한 것으로 그려진 살리에리에게 보내서 음악 공부를 시켰죠.

크사퍼는 당시 빈에서 인정받는 음악가였다고 합니다. 1841년 인가요, 잘츠부르크 모차르테움이 생길 때 카펠마이스터, 그러니까 악장이 되기도 했습니다. 모차르테움 바로 근처에 살았던 카라얀이 그 학교 출신이죠. 프란츠 크사버 볼프강 모차르트는 1844년에 독신으로 세상을 떠납니다. 결국 모차르트의 후손은 없는 셈이죠.

모차르트가 천재라는 데에는 이견이 없지만 그가 영화에서처럼 쉽게 쉽게 곡을 쓴 것은 아니었습니다. 헨델과 바흐에 대한 연구도 깊이 있게 했고요. 그가 바흐의 막내아들 요한 크리스티안 바흐에게서 교향곡과 협주곡 작곡에 엄청난 영향을 받은 것은 이미 잘 알려진 사실이죠. 스물아홉 살의 요한 크리스티안 바흐와 여덟 살의 모차르트가 런던에서 만났을 때 그들은 서로를 천재로 느꼈다고 하죠. 아무튼 모차르트는 배우는 데 관심이 많았던 것 같습니다. 35년의 생애 가운데 10년 이상 해외로 다닌 그의 족적을 보면 새로운 것을 배우는 데 아주 호기심이 많았던 사람이란 생각이 듭니다.

모차르트의 이미지에 대한 재조명이 필요한 시점이 아닌가 하는 생각이 듭니다. 큰 나무 그늘에서는 나무가 크게 자라지 못하듯, 모차르트가 워낙 유명해서인지 그의 자식들에 대해서는 널리 알려져 있지 않습니다. 모차르트의 아들 프란츠 크사버 볼프강 모차르트의 여덟 개의 독일 가곡 가운데 다섯번째 곡을 함께하지요.

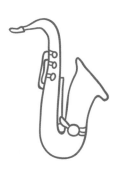

달달한
'뽑기'의 추억

차이콥스키 | 피아노 모음곡 〈사계〉 중 '1월: 화롯가에서'
랑랑(피아노)

지금은 애청자들의 문자가 없다면 방송이 불가능한 시대가 됐습니다. 아주 오래전에도 편지나 일명 관제엽서로 의사를 표현하긴 했지만 쌍방향으로 거의 동시에 의견을 전달하는 요즈음과는 많은 차이가 있죠. 정말 우리는 상당히 편리해진 세상을 살고 있어요.

애청자들께서 자녀들의 학교가 겨울방학을 끝내고 개학을 했다는 소식을 문자로 보내와서 이제 저는 학부형은 아니지만 학생들의 소식을 알게 되었습니다. 요즘에도 봄방학이 있는지 모르겠어요. 우리 때는 봄방학이 있어서 좋았는데 말이죠. 어린 날의 겨울방학을 떠올려보면 그때는 도무지 할일이라는 게 없었어요. 겨울 추위가 혹독하니 집에서 좀 쉬라는 것이 겨울방학의 존재 이유였던 것 같은데, 방학을 이용해서 여기저기 여행도 하고 이것저것 다양한 취미생활이나 경험을 해보라는 취지의 지금의 방학과는 개념이 달랐죠.

우리의 어린 날, 초등학교 시절 방학할 때가 되면 너무너무 추웠고 그렇게 추운 날엔 별로 할 게 없었죠. 아침에 눈뜨면 밖이 워낙 추우니 아랫목에서 이불 덮고 만화 좋아하는 아이들은 만화책을 여러 권 빌려다가 쌓아놓고 보기도 했어요. 저는 그때나 지금이나 만화를 잘 보지 않아서 그런 경험은 없지만요.

그 당시에 '뽑기'라는 게 있었죠. 기억하시죠? 설탕물을 연탄불에 올린 국자에 녹이고 소다를 조금 넣었던 것 같아요. 그걸 또 평평한 데다 붓고 갖가지 모양을 찍어서 그걸 모양대로 잘라내면 한 번을 더 하게 해줬나 그랬지요? 별 모양, 반달 모양, 하트 모양, 열쇠 모양도 있었죠. 그걸 사가지고 집으로 와서는 즉시 작업(?)에 들어가는 거지요. 손으로 툭툭 쉽게 끊어내기도 했는데 그중 별 모양이 제일 어려웠죠. 그래서 어떤 부분은 바늘로 콕콕 세세하게 찔러가면서, 정말 한 땀 한 땀 잘라내기도 했습니다. 아무래도 성격이 느긋한 친구들이 잘했겠지요. 그 놀이는 침착함과 집요함을 포함해 지구력이 있어야 하는데 저는 성격이 조금 급한 편이어서 처음 쉬운 부분은 잘하다가 마지막에 서둘러서 결정적인 실수를 하곤 했죠.

제일 허무했던 일은 별 모양의 다섯 꼭지를 성공적으로 떼어내서 기쁜 마음으로 그걸 다른 모양으로 바꾸기 위해 손바닥에 올려놓고 아저씨한테 달려가다가 바람에 날려서 땅에 떨어져 부서진 것이었죠. 아! 그러나 정말 냉정한 아저씨. 들고 뛰어오는 모습만으로도 성공했다는 걸 직감했을 텐데 부서진 조각을 들고 아무리 애처롭게 서 있어도 "안 돼!"라고 한마디 한 후 더는 눈길도 주지 않았던 뽑기 아저씨 앞에 낙담한 마음으로 추위도 잊은 채 내복 바람으로 서 있었던 생각이 지금도 나네요. 그 뽑기라는 거, 지금 생각해보면 별로 비싸지도 않았는데 그마저도 마음껏 해보지 못하고 어린 날을 지나왔어요. 추운 겨울이 되면 집에서 입고 있던 내복 바지 바람에 겉옷 하나 대충 걸치고 뛰어나가서 뽑기를 사다가 온 형제자매가 매달려서 그 조각을 정성을 다해 떼어내던 추억이 떠오릅니다. 당분이 부족하던 시절, 부서진 '뽑기'의 그 달달함이여.

스시 먹으려고
일본어 공부를 시작하다

브람스 | 〈대학 축전 서곡〉 Op.80
오토 클렘페러(지휘), 필하모니아 오케스트라

저희는 일을 하다보면 갑자기 예정에 없던 쉬는 시간이 생기는
경우가 허다한데, 오래전부터 예정되어 있던 촬영이 알 수 없는
이유로 취소가 되거나 촬영 일정이 한참 뒤로 연기되면 며칠의
짬이 생기는 거죠. 짧게 쉴 수 있는 시간이 갑자기 생기면 어딜
가면 좋을까, 어디에 가서 쉬면 편할까, 하며 즐거운 고민을 하
게 되는데 여러모로 가까운 일본이 다녀오기 편하긴 합니다. 특
히 규슈 지방은 가까워서 가끔 가곤 하는데 몇 년 전에 규슈 지
방에서 가장 크고 유명한 도시 후쿠오카 여행을 가게 됐습니다.

비행시간이 짧은 만큼 경비 또한 아무래도 덜 들어서 후쿠오카를 선호하는 편입니다.

비행기에서 내리면 관광객들은 대부분 후쿠오카의 중앙역인 하카다역으로 가게 되지요. 저도 하카다역에 가서 기차 시간만 맞으면, 가본 적이 없어도, 처음 듣는 생소한 이름의 작은 도시여도 상관없이 예정한 듯 즉시 표를 사서 다녀오기도 합니다. 그런 스타일의 여행을 즐기는 편이죠. 일본에 가면 자그마한 지방 도시가 주는 편안함이 있어요. 특히 뒷골목 주택가에 들어서면 어릴 적 제가 살던 우리 동네 모습이 그곳에 있죠. 친구 아무개 집의 모습도 있고요.

제가 어릴 적에 살던 동네에는 '적산가옥'이라고 하는 일본 사람들이 지은 집이 많았습니다. 저도, 제 친구들도 그런 집에서 많이 살았죠. 저는 그런 집들을 보는 순간 아련한 마음의 추억이라고 해야 할까, 알 수 없는 그리움이 가슴 깊은 곳에서 슬픔처럼 돋아납니다. 아련함에는 왜 슬픔이 따라나설까요.

일본에 가면 대부분 제대로 된 스시, 초밥을 먹고 싶어하죠. 어쩌다가 가격이 비싸지 않으면서도 아주 맛있는 곳을 알게 됐어요. 물어물어 찾아가 그 집에 들어갔는데 이미 한국 사람들이 많이 앉아 있었어요. 나를 보더니 반갑게 놀라는 표정들을 짓더라고요. 운좋게 바에 앉게 되었는데 연세가 지긋하신 주인장 요

후쿠오카 '야마나카' 스시 장인과 함께.

리사가 손님 중 일본어가 가능한 어떤 분에게 묻는 게 보였어요. '저 양반이 누군데 손님들이 반가워하면서 술렁거리나'라고 묻는 것 같았죠. 유학생인 듯한 젊은 여자 손님의 설명을 듣고는 고개를 끄덕끄덕하는 게 옆으로 보이더라고요. 은근히 우리 앞으로 와서 친절한 표정으로 관심을 보이려고 하는데 저와 제 아내는 말을 걸까봐 계속 딴청을 피우는 거죠. 초밥 하나 주면 그거 받아먹고, 또 눈을 안 마주치려고 고개 숙이고 있거나 딴 짓을 해요. 어쩌다 초밥 건네주는 사람과 눈이 마주치면 바보처럼 애매한 표정으로 웃고는 또 초밥을 먹고, 그러다가 '지금의 내 모습은 말 그대로 주면 받아먹고 주면 받아먹고…… 동물원의 원숭이구나' 하는 그런 생각이 들었어요. 기왕이면 일본말 몇 마디쯤은 하면 좋겠다는 생각이 들었고 그 자리에서 일본말을 배우기로 아내와 결정했지요.

서울로 돌아와서 서둘러 일본어 선생님을 소개 받아 배우기 시작했습니다. 1주일에 두 번씩, 아주 바쁠 때는 한 번씩 하기도 하고 드라마 촬영 때문에 더욱 바쁠 때는 한두 달 방학을 가지면서도 일본어에 대한 관심은 놓은 적이 없습니다. 그날 이후로 지금까지 일본어를 공부한 세월이 벌써 5년이 됐더군요. 그저께 선생님과 마지막 수업을 마쳤습니다. 저녁식사를 하면서 선생님이 처음 저희 집에 가르치러 올 때는 3개월 정도나 하려나 했는데 5년이나 됐다고 말씀하시더군요. 저희도 깜짝 놀랐습니다. 우리는 3년 정도 공부했나 싶었거든요. 어쨌든 이제 나름 일본어 기초학교 졸업을 한 거나 마찬가지죠. 다음번에는 일본인 선생을 만나서 더 높은 단계의 일본어 공부를 시작할 겁니다.

지금이 졸업 시즌이죠. 학교 다니느라고 애쓴 우리 학생들, 그리고 그 뒤에는 부모님을 포함한 가족들의 노고가 있었을 텐데요, 오늘은 브람스의 곡을 함께하실까요. 이 곡은 사실 졸업과는 관계없는데 우리나라 드라마나 영화에서는 졸업식 장면에서 많이 들려오지요.

두 번의 삶,
재미있을까

라벨 | 베토벤 피아노 협주곡 5번 op.73 E플랫장조
손정범(피아노)

〈아름다운 당신에게〉 스튜디오에는 가끔 아주 귀한 초대 손님들이 나오죠. 돌아보니까 바이올리니스트 정경화 교수라든가 세계적인 첼리스트 미샤 마이스키, 안드레이 가브릴로프라는 러시아의 세계적인 피아니스트, 강동석씨 등 이미 원숙한 연주자도 나왔고요. 임동혁, 김봄소리, 임지영, 임현정, 김선욱 같은 젊은 연주자들도 출연해서 라이브로 음악을 선물하기도 했습니다. 그리고 또 캐나다 출신의 바이올리니스트 제임스 에네스라든가, 리처드 용재 오닐, 성악가 캐슬린 킴, 강혜정씨, 〈아름다운 당신에게〉를 잠깐 진행하기도 했던 김정원씨 같은 중견 아티스트까지 다양한 연주자들이 출연해서 값진 이야기와 좋은 음악을 들려주셨습니다.

최근에도 젊은 피아니스트 손정범씨, 지용씨를 비롯한 많은 분들이 저희 스튜디오를 찾아주셨네요. 명랑하고 발랄하게 본인의 이야기를 하는 분도 계셨고, 생각을 많이 정리해가면서 진지하게 학구적으로 말씀하시면서도 조곤조곤 할 이야기는 다 하는 분, 아주 조심스럽게 말씀하시는 분 등 다양한 모습을 볼 수 있었습니다. 게스트들과 인터뷰를 하고 그들의 라이브 연주를 들으면서 연주자의 성격과 그의 연주는 무관하지 않다는 느낌을 받았습니다. 한 사람이 완벽하게 다른 두 가지 성격을 가질 수 있다면 완벽하게 다른 두 가지 색깔의 연주를 들려줄 수 있을 텐데, 하는 생각을 했습니다.

슈만은 지나친 피아노 연습으로 손가락을 다쳐 연주를 하지 못하게 되면서 〈음악신보〉라는 잡지를 만들어 음악과 연주자를 소개하는 글을 썼는데, 그때 두 개의 필명을 갖고 있었어요. 하나는 명랑하고 열정적인 성격의 '플로레스탄', 또 하나는 반대로 아주 내성적이고 명상적인 성격의 '오이제비우스'라는 필명이었는데, 완전히 다른 두 개의 시각으로 글을 썼던 거죠.

세상의 일들에는 알려진 것과 그 이면의 것, 양면이 있으니까 두 면을 다 볼 줄 아는 그런 시각이 필요하기도 합니다. 인생을 완전히 다른 두 가지 성격과 다른 관점을 가진 사람으로 두 번 살 수 있다면 어떨까요. 프로스트의 유명한 시죠. 『가지 않은 길』이 생각나는데, 우리도 살면서 가고 싶었으나 가지 못한 그 길이 궁금할 때가 있긴 하죠. 그러나 결국 인생은 한 번뿐이기 때문에 살 만한 매력 있는 것이고, 그렇기 때문에 어느 정도의 질서도 유지되고 있는 게 아닌가 합니다.

저는 오늘 저녁과 3월 8일에 열리는 극명히 다른 성격의 1991년생 두 젊은 피아니스트의 연주회에 기대를 갖고 있습니다. 두 연주회에 다 가보려고 하는데, 제가 〈아름다운 당신에게〉를 통해서 만난 게스트 가운데 성격과 성향이 서로 가장 먼 곳에 있었던 두 사람이었습니다. 두 사람은 과연 어떤 연주를 들려줄까 궁금하면서 기대가 됩니다. 지용씨는 며칠 전에 우리 스튜디오에 출연해서 연주를 들려줬기 때문에 오늘은 손정범씨의 연주를 여러분과 함께하도록 하죠.

진부珍富는
진부陳腐하지 않다

슈베르트 | 피아노 소나타 21번 B플랫장조 중 2악장 '안단테 소스테누토'
마리아 주앙 피르스(피아노)

평소에는 잊고 지내던 곳인데 라디오나 신문을 통해 그 지명을 듣거나 보는 순간 갑자기 아련한 추억이나 광경이 떠오르면서 가고 싶어지는 곳이 있지 않습니까? 며칠 전 방송에 눈이 쌓인 진부를 지나면서 문자를 보낸다는 애청자의 사연이 있었습니다. 저는 갑자기 영동고속도로가 떠오르면서 하진부로 들어가서 상진부로 나오는 그런 상상을 하게 됐어요. 강원도로 가면서 그곳을 지날 때면 언제나 들르던 진부의 그 유명한 산채비빔밥 집이 아직도 있는지……

1980년대 후반인가요, 기억이 확실치는 않은데 그때 KBS에 〈드라마 게임〉이라는 프로그램이 있었어요. 1주일에 한 번 방송되는 단막극이었는데, 이제는 출연했던 드라마의 제목도 기억이 나지 않습니다만, 당시 신예 작가 조소혜씨가 극을 썼고 드라마 PD로서 큰 족적을 남기신 김수동 선생이 연출을 했고 주연 배우는 저하고 당시의 차가운 지성 정애리씨였습니다. 아쉽게도 서로 잘 맞지 않는 젊은 부부의 이야기였습니다. 그림을 그리는 남자는 도시생활, 결혼생활을 힘들어했죠. 그래서 진부에 있는 작업실에 가 있는 걸 좋아했고, 부부간의 다툼이 일어나면 시외버스를 타고 홀연히 진부로 떠나는 그런 남자였습니다. 덥수룩한 헤어스타일과 깃을 올린 바바리코트 차림의 약간 현실감각이 떨어지는 남자를 어떻게든 설득해서 살아보려고 애쓰는 여자, 정애리씨의 역할이었죠. 대략 그런 설정의 스토리였던 것 같아요.

연기할 때는 작품에 몰입하는 게 당연하죠. 그러나 완벽하게 한 인물이 되기는 참 어렵습니다. 실제로는 충분히 몰입하는 시간과 몰입 없이 약간의 테크닉으로 연기하는 시간이 공존한다는 게 솔직한 고백입니다. 그런데 그 단막극은 저로 하여금 완전 몰입의 경지를 경험하게 한 작품이었습니다. 촬영임에도 불구하고 진부로 가는 시간과 진부에 머무는 시간이 실제로 얼마나 편안하고 좋았는지 몰라요. 드라마 속의 인물로도 편안했고, 개인적으로도 그곳이 저의 생체 리듬과 잘 맞았나봐요.

진부는 참으로 편안하고 좋았습니다. 드라마가 끝난 후에도 강릉이나 횡계 가는 길에는 꼭 진부 읍내로 접어들어 마치 고향에 온 양 휘 둘러보곤 했죠. 마을 뒤편 산으로 올라가면 고랭지 채소를 재배하는 곳도 있는데 거기도 괜히 돌아보곤 했습니다. 강원도 쪽에 다녀올 때는 웬만하면 진부에 들러서 그 동네 산채비빔밥을 먹곤 했는데, 산채비빔밥이 좋아서라기보다는 나하고 잘 맞는 진부에 더 머물고 싶은 감성 때문이었겠지요. 그때 그 〈드라마 게임〉도 생각이 나고, 저와 정애리씨 두 배우를 특별히 아껴주신 연출자 김수동 선생님도 생각이 나고, 수채화 같은 작품을 쓰던 조소혜 작가도 생각나는군요.

저와 동갑이었던 조소혜 작가는 아쉽게도 10여 년 전 시청률의 부담을 안고 간암으로 세상을 등지고 말았어요.

나 같은 아저씨가
로마에 또 있네

오토리노 레스피기 | 교향시 〈로마의 소나무〉 중 3곡 '지아니콜로 언덕의 소나무'
유진 오먼디(지휘), 필라델피아 오케스트라

이번 주에는 봄을 재촉하는 비가 왔죠. 단비였습니다. 곳곳이 가뭄이라는데 정말로 귀한 단비가 되길 바랍니다. 그 비는 땅에 스며들면서 얼어 있던 땅을 녹일 것이고, 스며든 물은 봄이 되면 꽃을 피우게 할 것이고, 나무에 움이 트는 데 큰 역할을 하겠죠. 주초에는 비가 왔고요, 엊그제는 수도권을 제외한 여러 곳에 제법 많은 양의 눈이 내렸습니다. 눈이 왔음에도 불구하고 겨울이라는 생각이 들지는 않죠. 봄이 문 앞에 왔다는 데에는 이견이 없을 것 같은데요. 그러고 보면 한 해의 본격적인 시작은 바로 봄이 시작되는 3월이 아닌가 하는 생각을 하게 됩니다.

새해를 맞으면 세세하게는 아니더라도 일단 휴가 계획을 짜 보면서 일정이나 여행지를 떠올려보게 됩니다. 대개는 여름휴가를 떠올리는 분들이 많죠. 저도 집에 학생이 있으니 아이 방학을 이용해 여름에 휴가를 가는 편인데요, 여름휴가철 성수기에 여행을 가면 여러모로 불리한 점이 많더군요. 우선 비용이 많이 들어요. 그땐 여행지를 찾는 사람이 많으니까요. 교통, 숙박, 식비 등등 많은 것이 비쌀 뿐만 아니라 복잡하기도 하고요. 저는 작년부터는 여름 성수기는 피했습니다. 그랬더니 비행기 값도 많이 싸고 호텔 예약도 여유가 있고 여행지도 조금은 한산한 듯했습니다. 우선은 한여름이 지나 날이 뜨겁지 않아서 여행 다니기에 괜찮았습니다.

어느 해던가 정말 더웠던 여름, 뜨거운 정도가 아니라 두피가 익어버릴 것 같았던 날. 우리 가족은 로마의 시내를 걷다가 길거리 작은 가게에 들어가 이것저것 구경을 했어요. 저는 가게의 강한 에어컨 바람이 싫어서 혼자 길거리에 나와 멍하니 지나다니는 사람들을 구경하고 있었죠. 제 오른편으로 5, 6미터 떨어진 곳에 저와 나이와 처지가 비슷해 보이는 어떤 남자 여행객이 가족을 기다리는지 색을 메고 서 있더라고요. 남미 쪽에서 온 듯했는데 그분도 더위에 지친 것 같은 표정이었어요. 그러다가 둘이 어느 순간 눈이 마주쳤는데, 동병상련이라는 생각에 제가 씩 하고 웃었습니다. 그랬더니 그분이 갑자기 약간 긴장하는 얼굴이 되면서 옆으로 메고 있던 색을 자신의 몸 앞쪽으로 돌려서 두 팔로 꽉 껴안는 거예요. '아니 저 액션은 뭐지?' 하는 생각이 들면서, 아하, 저 양반도 로마에 가면 소매치기를 조심하라는 말을 듣고 왔구나 싶어 반대쪽으로 고개를 돌리면서 웃고 말았습니다. 그런 상황에서 다가가 '나는 그런 사람이 아니다'라고 설명하려 들면 일이 더 꼬이죠. 그냥 돌아서서 빙그레 웃을 수밖에요. 여행객은 누구나 비슷한 여행 정보를 공유하고 있구나 싶더라고요. '세상 참 좁네!' 그런 생각을 했습니다.

1988년,
내 인생의 화양연화

슈만 | 가곡 〈오렌지와 은매화〉
오르페우스 보컬 앙상블

올해는 동계올림픽이 있었고요, 이어서 패럴림픽이 있었죠. 그
리고 6월과 7월에 걸쳐서는 러시아 월드컵이 우리를 기다리고
있습니다. 사실은 우리가 기다리고 있는 거죠. 스포츠 좋아하시
는 분들에게는 참 행복한 한 해가 될 것 같아요. 게다가 프로야
구도 지금 시범경기중으로 곧 시즌이 시작되겠고요.

　제가 어리고 젊었던 시절에는 월드컵이나 올림픽 같은 세계
적인 스포츠 이벤트가 우리 땅에서 열린다는 것은 상상도 못했
죠. 세월이 흘러 1988년 서울올림픽이 열렸는데 그것도 벌써

30년 전의 일이군요. 서울올림픽 하면, 오래전 일이긴 하지만 생생하게 기억나는 것들이 꽤 많습니다. 서울올림픽이 열리던 그해에 저는 〈조선왕조 500년 인현왕후〉라는 MBC 드라마에서 숙종 역을 했습니다. 그때 여의도 스튜디오로 미국의 ABC, NBC 기자들이 인터뷰를 하자고 찾아올 정도로 드라마의 인기가 높았어요. 당시 올림픽 주최국 최고 시청률의 드라마여서 그랬는지 사극 드라마의 인기 비결이 무엇인지 궁금하다며 인터뷰를 하겠다고 왔었죠. 물론 임금 역할이었던 제가 미국 ABC 카메라 앞에 서게 되었는데 조금 신경은 쓰이데요.

인터뷰는 우리말로 해도 되는데 시작하는 첫 부분만 영어로 해달라는 아주 어려운(?) 부탁을 해서 별거 아닌데도 진땀을 흘리며 했던 기억이 납니다. 〈인현왕후〉는 지금 생각해도 대단한 인기 드라마였습니다. 장희빈과 숙종의 이야기는 언제나 그렇긴 하지만요. 그리고 그해는 너무너무 더웠죠. 창덕궁에서 〈인현왕후〉 야외촬영중에 제가 더위를 견디지 못하고 임금의 체통과 품위를 던져버린 채 상의를 풀어헤치고 그늘진 고궁 계단에 앉아서 빙과류를 빨아 먹는 모습이 주간지에 실려 화제가 되기도 했고요. 바람이 잘 통하지 않는 천으로 만든 의상을 몇 겹씩 껴입어야 하는 사극은 여름에 특히 힘들어요.

그해 무더웠던 여름부터 〈상처〉라는 영화를 찍기 시작했는데

〈조선왕조 500년 인현왕후〉 촬영 당시.

야외 로케이션 현장이야 당연히 뜨거웠고 실내촬영을 할 때도 동시녹음 때문에 에어컨을 못 켜니까 덥기는 마찬가지였죠. 그 때 방배동 어느 근사한 집이 극 중 우리집이어서 며칠 밤낮을 거기서 촬영했는데, 며칠간이었지만 촬영을 하다보니 그 집이 마치 내 집 같은 느낌이 들었죠. 세월이 흐르고 흘러 지금 저는 그 집 옆집에서 15년째 살고 있습니다.

1988년에는 올림픽이 있었고, 〈인현왕후〉라는 재밌는 사극 드라마가 있었고, 내가 제일 좋아하는 〈상처〉라는 영화가 있었고, 무엇보다 그해 겨울에는 압구정동 어느 카페에서 지금의 아내를 처음 만나는 역사적인 사건이 일어났지요. 30년 전인 1988년은 아마 제 인생의 화양연화가 아니었나 하는 생각이 듭니다.

그날 나는
눈 속을 걸어야 했다

리하르트 슈트라우스 | 〈4개의 마지막 노래〉 중 4곡 '저녁 노을'
군둘라 야노비츠(소프라노), 헤르베르트 폰 카라얀(지휘), 베를린 필하모닉 오케스트라

그저께죠. 목요일에 이미 예보된 대로 전국 대부분에 눈이 왔습니다. 봄눈치고는 제법 많이 온 곳도 있고요. 기온도 꽤 떨어졌고 때아닌 눈이 왔지만 누가 뭐래도 봄은 봄입니다. 이번 겨울의 마지막 눈이라고 얘기하듯 근사하게 내렸습니다. 방송을 통해서는 봄은 그렇게 쉽게 오지 않는다는 얘기를 여러 번 했는데, 그렇습니다. 살아오면서 여러 번의 봄을 맞으며 우리가 보고 터득한 거죠.

중학교 1학년 삼일절 휴일이었는데 교회 주일학교 친구들과

북한산 등산을 갔어요. 그날도 눈이 제법 왔어요. 처음 가본 등산길에 내린 3월의 눈이 얼마나 인상적이었는지 아직도 제 기억에 아주 강하게 박혀 있습니다. 확실한 기억은 아니지만 아마 그날 기상이변이 생겼다고들 했던 것 같아요. 근래에는 세계 곳곳에서 기상이변이 많이 일어나기 때문에 3월 하순에 내리는 눈 정도는 그리 놀라운 일도 아니죠.

그날의 눈은 오락가락 저녁까지 이어졌어요. 삼청동 어느 화랑에서 열린 친구의 사진전 덕분에 오랜만에 강북 나들이를 했는데, 흐린 날씨 탓에 이미 어두워진 삼청동 길에는 인적이 드물더라고요. 궂은 날씨 때문인지 관광객도 확실히 줄어든 것 같아 줄지어 있는 가게들이 걱정되더라고요. 오랜만에 가본 삼청동은 역시 한적하면서 운치가 있었고, 마침 한가해서 주차하기도 좋았습니다. 전시를 보고 나와서 오래된 친구 몇몇과 세월이 제법 녹아 있는 듯한 근처의 식당에 갔는데 찌그러진 냄비에 끓인 두부찌개가 참 인상적이었습니다. 곁들여 나온 김치라든가 취나물, 콩나물무침에서도 아주 오래전에 집에서 먹었던 익숙한 맛이 느껴졌어요. 그 집과 음식이 잘 어울려서 참 좋았습니다.

우리 '아재'들의 만만치 않은 수다는 계속 이어졌고 이야기의 결말은 봐야 하니까 근처 찻집으로 자리를 옮겼는데 커피를 주문하는 사람은 없더군요. 그 시간에 커피를 마시면 이제는 잠을 못 잔다는 측은한 나의 친구들. 언제나 그랬듯이 가까운 날 다시 만날 것을 기약하며 문밖으로 나왔는데 아직도 눈은 계속 예쁘게 내리고 있었어요. "우산 쓰고라도 우리 좀 걸을까" 하며 아내하고는 걸어도 한참을 걸었을 운치 있는 날씨였는데, 이제는 늙다리인 내 친구들이 눈 맞을세라 우리 부부를 얼른 차에 밀어넣는 바람에 하는 수 없이 그냥 집으로 오게 되었지요. 집으로 오면서 그 거리의 그 눈이 어쩌나 아쉽고 후회가 되던지요. 손님 없는 가게마다 아직 불 켜진 삼청동길, 경복궁 옆의 한적한 길, 예쁘게 내리는 어쩌면 이번 겨울의 마지막일 눈송이…… 걷기에 아름다운 저녁이었고 살면서 쉽게 만날 수 있는 그런 날은 아니었어요. 아! 지금도 후회가 되는군요.

아버지!
홍학이 춤을 춘다면서요?

슈베르트 | 가곡 〈봄의 신앙〉
마티아스 괴르네(바리톤), 잉고 메츠마허(피아노)

며칠 전 방송에서 80여 년만 지나면 22세기인데 그때도 살아 있을 것들에는 무엇이 있을까, 그리고 어떤 단어가 사라질까, 이런 얘기를 했었죠. 우선은 22세기라는 말 자체가 조금 어색 하긴 하군요. 요즘 미세먼지로 대표되는 괴로운 날씨 탓인지 실 바람이라는 단어가 사라질 거라는 의외의 예측에는 조금 서운 하면서 놀라기도 했습니다. 하기야 실바람은 뭔가 '자연이 자연 스러울 때' 불어올 것 같은 그런 느낌인데, 요즘의 자연이나 자 연현상은 뭔가 자연스럽지 않다는 생각이 많이 들긴 하죠. 동물원이 사라질 것이라는 예측에는 '어? 왜 동물원이 사라질까?'라고 생각했는데, 이제 동물 학대는 있어서는 안 된다는 주장이 널리 공감을 얻는 분위기이니 금세 수긍이 됐습니다.

우리 세대에서는 동물원 하면 누구나 창경궁을 떠올릴 겁니다. 제가 어릴 적에는 일제가 우리의 궁을 작은 정원으로 비하하려고 만든 말인 '창경원'이라는 이름으로 불렸죠. 그 당시 초등학교 저학년 학생들은 대부분 창경궁으로 소풍을 가지 않았나 싶습니다. 고학년이 되면 조금 멀리 동구릉이나 서오릉 같은 곳으로 소풍을 가게 되지요. 저는 사실 아버지와 어디를 다닌 기억이 많지 않은데요, 언젠가 아버지가 창경궁 동물원에 홍학떼가 들어왔는데 그 녀석들이 춤을 춘다고 가보자 해서 따라간 적이 있어요. 그날은 아버지하고 저하고 둘만 갔던 것으로 기억납니다. 그날 창경궁에서 본 광경은 제 기억 속에 생생하게 남아 있는데, 가서 보니까 홍학들이 춤을 추는 건 아니었고요, 물가에서 떼를 지어 가볍게 날갯짓을 하며 이쪽저쪽으로 몰려다니는 정도였어요. 홍학의 연한 핑크색이 정말 예뻤지요. 당시 우리나라 어느 거리에서도 본 적이 없는, 주변에서 쉽게 볼 수 있는 그런 색은 아니었어요. 지금도 어제 본 듯 홍학들의 군무(?)와 옅은 핑크색이 아주 인상적으로 기억에 남아 있습니다. 그때 우리의 세상은 흑과 백이 기본색이었죠. 교복도 검은색에

흰색 칼라, 여학생들도 마찬가지였고요. 그런데 창경궁은 아무래도 호랑이 우리와 원숭이 우리 앞에 사람이 가장 많았던 것 같아요. 그리고 창경궁 정문으로 들어가면 바로 왼쪽에 공작새 우리가 있었죠. 기억이 나네요.

이제 며칠만 지나면 벚꽃놀이가 시작될 텐데, 당시 창경궁 벚꽃놀이 때는 늘 인산인해였습니다. 미아가 얼마나 많이 발생했는지 경내 확성기에서 끊임없이 아이를 보호하고 있다는 안내 방송, 인상착의를 설명하며 아이를 애타게 찾는 방송이 계속 이어졌던 기억이 납니다. 그리고 창경궁 하면 밤 벚꽃놀이가 유명했어요. 젊은이들 사이에서 화제이기도 했고 요즘 젊은 친구들이 주말에 텐트 들고 한강 둔치에 몰려가는 것과 비슷했죠. 데이트하러 오는 커플이 엄청 많았죠. 그때 젊은이들 사이에 '밤 벚꽃놀이 같이 가자' 하는 것은 하나의 프러포즈였습니다. 밤 벚꽃놀이에는 대부분 김밥과 간식과 음료를 싸가지고 가야 하는데, 같이 갔다는 것은 여자 쪽에서 프러포즈를 받아주었다는 의미였어요. 왜냐면 그때는 김밥을 사서 먹던 시절이 아니었기 때문에 주로 여자 쪽에서 집에서 만들어 오곤 했거든요. 예나 지금이나 아무하고나 먹으려고 정성껏 김밥을 싸지는 않잖아요. 물론 아무하고나 야외에서 같이 먹지도 않고요. 대학 동아리들도 단합대회를 위해 창경궁의 밤 벚꽃놀이에 갔었죠. 벚꽃놀이 시즌이 되면 벚꽃 반, 사람 반으로 바글바글했던 창경궁과 창경궁 앞의 도로가 기억납니다. 당시 창경궁에서의 벚꽃놀이, 동물 구경은 아마 서울 시민들의 유일한 오락거리가 아니었나 하는 생각이 듭니다.

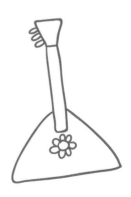

아침밥 든든히 먹고
방송합니다

모차르트 | 바이올린과 비올라를 위한 신포니아 콘체르탄테 E플랫장조 K.364 중 2악장 '안단테'
야샤 하이페츠(바이올린), 윌리엄 프림로즈(비올라), 이즐러 솔로몬(지휘),
RCA 빅터 심포니 오케스트라

저희 집은 사실 부엌이 좁습니다. 그래서 아내에게 늘 미안하죠. 환기도 잘 안 되고 비좁아서 딸아이랑 이것저것 맛있는 음식도 해 먹고 즐거운 시간도 보내려면 주방을 넓히는 공사가 필요했어요. 그것이 저희 집안의 숙원 사업이었는데 이번주 초에 드디어 주방 공사를 시작했습니다. 아직 안 끝났고요. 살고 있는 집에서 공사를 하면 여간 번거로운 게 아니죠. 소음은 물론 먼지도 많이 발생하고 여러 사람이 신발을 신은 채로 실내에 들락거리고…… 공사를 제법 크게 하다보니까 당장 가스도 안 나오고, 싱크대도 없고, 정수기도 사용을 못하니 마실 물도 없고, 그러니 차 한잔 마시기도 불편하고 식사하기도 영 여의치가 않아서 할 수 없이 사 먹을 수밖에 없는데, 밖에 나가는 것도 귀찮아서 결국 시켜 먹게 되더군요. 도시락을 사다 먹기도 했는데 아무래도 식욕이 없어 조금 먹다보니까 저절로 다이어트가 되네요.

문제는 아침식사예요. 아침을 든든히 먹고 나와야 두 시간 방송에 무리가 없거든요. 일단 굶은 채로 집을 나와 목동에 와서 아무 정보도 없이 식당을 찾아다니다가 CBS 건너편 건물에 들어가보니 문을 연 국숫집이 있었어요. 그런데 그 시간에 식당이 직장인들로 가득차 있더군요. 안에서 식사하던 손님들이 유리창 너머로 나를 발견하더니 눈이 동그래지면서 '아니, 저 양반이 이 시간에 여기 혼자 웬일일까' 하는 표정인 거예요. 그 표정들을 보고는 망설이다가 결국 못 들어갔죠. 아직 나는 혼자 먹는 밥, 즉 '혼밥'이 익숙지가 않아서죠. (으이그, 바보 같긴!) 그 시간이면 〈아름다운 당신에게〉 방송 전에 식사를 하려나보다고 생각들 할 수도 있을 텐데 말이에요. 이 시간에 혼자 식당에 온 걸 보니 부부 싸움을 해서 아침을 못 얻어 드셨나, 혹시 아내분이 여행을 가셨나, 혹시 부인이 아프신가 등등 여러 상상을 할 것 같은 생각에 '에이! 들어가지 말지 뭐' 하고는 여느 때처럼 샌드위치로 아침을 때우고 방송을 했습니다.

　요즘은 가끔 빵이나 샌드위치로 한 끼 식사할 때도 많아서 썩 어색하지는 않은데도 불구하고, 10여 년간 아침 방송을 하면서 거의 밥과 국과 반찬으로 아침식사를 했던 습관 때문인지 밥이 먹고 싶은 날 아침, 어쩔 수 없이 샌드위치를 먹게 된 처지가 조금은 서글펐습니다. 규칙적인 습관이 우리에게 얼마나 심리적인 안정감을 주는지 새삼 알게 됐습니다. 우리집 주방 공사가 끝나면 아침마다 뭔가 색다른 음식을 먹게 될 것만 같은 근거 없는 기대감을 갖습니다.

가던 길
그냥 가세요

쇼팽 | 녹턴 20번 C샤프단조
윤디 리(피아노)

지난 토요일은 일기예보대로 봄비가 주룩주룩 내렸어요. 비 올 확률이 80퍼센트여서 맑은 날씨는 기대하지 않았지만 막상 비가 내리니까 외출하기가 조금 귀찮아지긴 하더라고요. 애매하게 한 약속을 취소해버리고 내리는 비를 보고 있자니 갑자기 어머니, 아버지 산소가 있는 양평엘 가고 싶어졌어요. 보통 성묘는 한식이나 추석에 가지만 저와 아내는 무시로 양평에 가곤 합니다. 잔디는 잘 자라고 있는지, 지난번 큰비에 어디 파인 데는 없는지, 작은 동산은 별일 없이 지난겨울을 잘 났는지 갑자기 궁금해졌어요. 살다보면 별 이유 없이 '그냥' 양평에 가고 싶을 때가 있습니다. 도봉구에 사는 동생 부부와 그곳에서 만나기로 하고 따로 출발했는데 거의 동시에 양평에 도착했죠. "역시 우린 가족이다"라고 소리치게 되더군요. 양평 망미리에 가족 동산을 꾸민 지 20여 년 가까이 되다보니 오래전 그 주변에 심었던 작은 나무들이 너무 크게 자라서 이제는 정리를 좀 해야겠더군요.

그날도 늘 가던 광탄 근처에 있는 단골 설렁탕집을 갔는데, 설렁탕뿐만 아니라 배추김치, 무김치가 정말 맛있는 집입니다. 그날 식사 자리에서 우리 가족의 대화에 처음 화제로 오른 게 있는데, 처음이었는데도 그 대화에 누구도 어색해하지 않았다는 게 이상했습니다. 가족 동산과 산소 위치에 대해 이런저런 얘기를 하다가 "그럼 우리 자리는 어디지?"라는 말이 대화에 등장했습니다. 아내가 그 얘길 먼저 꺼냈어요. 사실 그런 얘기는 굳이 하지 않고 서로 피하는데, 그러고 보니 우리 모두 그 일에 대해서는 구체적으로 생각해본 적이 아예 없더라고요. 우리가 천년만년 사는 건 아니고 모두가 그 사실을 알지만, 그렇다고 당장 코앞에 닥친 일은 아니라는 생각으로 살고 있지 않나요.

그날 양평에서 돌아와 늦은 오후에 남산엘 갔는데 다 걷고 나서 친구 부부와 저녁식사를 하던 중 낮에 나왔던 우리 가족의 화제가 그 자리에서 다시 화제로 떠올랐어요. 여자는 혼자 살아도 남자는 혼자 남으면 못 산다, 남들 보기에도 측은하기 때문에 남편보다는 아내가 더 오래 살아야 한다고 아내들은 강하게 주장했지요. 마치 그게 진리인 것처럼, 그리고 마치 온 세상이 거기에 합의한 것처럼 아주 진지한 표정들로 얘길 하는 거예요. 결론은, 가정에 남겨진 힘든 일은 아내들만이 정리할 수 있다는 것이었어요. 혼자 남은 남편이 정말로 고생을 할까봐 염려가 돼서 하는 소린지, 남편들 먼저 보내놓고 단 몇 년이라도 가벼운 마음으로 편하게 살고 싶은 강렬한 소망에서 하는 소린지, 진실은 모르겠으나 곧바로 남편들의 항의와 항변이 이어졌죠.

남자 혼자 사는 게 힘들어 보일지는 모르겠지만, 혼자 남겨지더라도 우리 남편들은 어떻게든 최선을 다해서 살아볼 것이고, 먼저 간 아내의 명예에 누가 되지 않도록 추하지 않게 잘 씻고 말끔하게 꾸미면서 살 테니, 자꾸 이상한 논리로 우리 먼저 보낼 계획 세우지 마시고, 염려 놓으시고 가던 길 그냥 가세요, 하면서 웃으며 재밌는 시간을 보내고 집으로 왔습니다. 돌아오는 길, 그런 생각이 들었어요. 우리 사이에 죽음에 대한 얘기도 이제는 자연스러워졌구나. 이것도 세월이 주는 여유일까…… 처음 느껴보는 감정이었습니다.

제임스 딘보다
이소룡이 좋다

Sail Along Silvery Moon
빌리 본 악단

봄비는 참 운치가 있습니다. 휘몰아치는 그런 비 말고, 우산 속으로 들이치지 않아서 옷이 젖지 않는 얌전한 비, 그런 봄비를 얘기하는 건데요. 얼마 전에 서울에 얌전한 봄비가 내렸는데 그날, 참 좋다, 운치 있다, 뭔가 우리 삶에 큰 도움을 주는 비일 것 같다면서 방송중에 비에 대한 온갖 칭송을 했죠. 그런데 그날이 초등학교 다니는 자녀들의 소풍날인데 비가 오는데도 친구들과 소풍 가는 게 좋은지 자녀들이 즐겁게 나가더라는 문자를 여러 분이 보내주셨어요. 방송을 하면서 다시 한번 깨닫게 됐죠. 내 생각이 다는 아니구나, 많은 사람들에게 좋다고 누구에게나 좋은 건 아니구나 하고요.

생각해보면 학창 시절의 소풍, 그것은 우리에겐 최고의 이벤트였죠. 추억도 많고요. 소풍 며칠 전부터 잠을 설치면서 설레어하기도 하고, 그 전날에는 내일 비가 오는지 안 오는지 부모님께 묻고 또 물었죠. 지금처럼 시시각각 변하는 날씨를 누구나 검색할 수 있는 그런 시대가 아니었잖아요. 그저 무릎 아픈 할머니나 신경통 있는 어른들에게 의지하는 정도였죠. 참 원시적인 방법이었구나 싶어요. 소풍 당일 날이 흐리면 하늘의 어두운 구름만큼이나 우리의 마음도 우울해졌어요. 아침부터 비가 내리면 아예 해산을 하는데, 애매한 경우에는 일단 출발하죠. 그런데 가는 도중에, 혹은 소풍 장소에 도착해서도 비가 계속 오면 눈물을 머금고 해산할 수밖에 없었지요. 그러면 삼삼오오 친한 친구들끼리 쑥덕쑥덕 작전을 짜고는 어딘가로 움직이기 시작하는데, 누구누구가 정말 친한지는 그때 알아볼 수 있었어요. 학생 관람 가능 영화를 보러 극장에 가는 경우가 많았는데, 결국 극장 앞에서 많이들 만나게 되죠. 소풍 날짜는 비슷했기 때문에 다른 학교 아이들도 오곤 해서 비 오는 극장 앞은 말 그대로 인산인해였어요.

그 시절을 같이 보낸 친구들은 추억의 영화도 비슷하지 않나

영화 〈당산대형〉 포스터.

싶은데, 중학교 때 소풍날 비가 오는 바람에 보게 된 것은 이소룡의 영화였어요. 그 시절 우리는 모두 이소룡의 신봉자들이었죠. 그 영화를 본 다음 날 학교에 가면 교실에서, 복도에서 엄지손가락으로 코를 쓱 문지르며 "아뵤" 하고 이소룡 흉내를 내는 친구들이 참 많았습니다. 심지어는 교실의 교탁이나 책상 위를 거의 날아다니는 친구들도 있었죠. 그 여파로 태권도, 합기도, 화랑도 같은 무술 도장에 등록하는 친구들도 많았고요. 영화의 파급 효과, 특히 이소룡의 영향력은 대단했습니다.

〈용쟁호투〉〈정무문〉〈맹룡과강〉, 그리고 비가 온 그날 봤던

〈당산대형〉. 이소룡이 남긴 영화는 불과 네다섯 편밖에 안 되는 데도 그는 당시 청소년들과 젊은이들의 우상이었죠. 지금도 팬들이 있을 정도고요. 그 비슷한 정도의 작품을 남기고 떠난 '제임스 딘'도 우리 마음속에 있죠. 비가 오면 소풍을 못 가서 속이 상하고 아쉬웠지만, 그 비 때문에 마음속에 평생 간직하게 될 영화, 또다른 추억을 선물 받기도 했지요.

일만 죽도록 하다
죽을 겁니다

봄날은 간다
장사익(노래)

〈아름다운 당신에게〉를 들으시는 분들은 이미 아시겠지만 저는 주말에는 거의 택시를 타고 다니는데요. 지난 토요일은 날씨가 정말 좋았습니다. 벌써 초여름인가 싶을 만큼 약간 덥기까지 한 날씨였어요. 택시를 타고 삼청동으로 가서 친구의 사진전을 한 번 더 보고 삼청동을 지나 가회동 길로 해서 천천히 북촌 쪽으로 내려와 인사동까지 걸어갔죠. 인사동부터는 거리가 북적거렸어요. 특히 외국인들이 많았는데 그래도 참 다행이라는 생각이 들긴 했습니다. 다시 종로 2가를 지나 청계천, 을지로를 건너 명동까지 꽤 많이 걸었지요. 주말의 강북 거리는 천천히 걸을 만해요. 제법 지친 탓에 명동성당 앞에서 택시를 탔습니다. 뒷자리에 가만히 앉아 있으면 모르는데 아내와 한마디라도 이야기를 하면 기사님이 룸미러로 뒤를 보면서 "아유, 반갑습니다" 하고 인사를 하십니다. 그럴 때마다 '내 목소리가 좀 특이한가? 아니면 많이 들어 익숙해서 그런가? 어떻게 한두 마디 하는 소리만 듣고 나를 알지?' 하면서 신기해합니다.

여기저기 TV 채널을 옮겨 다니다가 귀에 익은 목소리가 들려오면 채널 이동을 멈추고 그 프로그램을 시청한다는 분도 계시죠. 요즘 금요일 저녁에 방송되는 EBS TV 다큐멘터리 〈장수의 비밀〉이라는 프로그램의 내레이션을 하고 있습니다. 오지에 가까운 시골에서 사시는 두 분 어르신의 이야기인데요, 삐친 할아버지를 토닥거리며 달래주는 할머니를 보면서 미소 짓기도 하고, 멀리 떠난 자식이 그립고 보고 싶다는 어르신들의 고백에는 콧등이 시큰해지기도 합니다. 눈만 뜨면 일을 하기 위해 움직이려 하시는 할아버지에게 평생 해온 일인데 지겹지도 않냐고, 이제 체력도 달리는데 쉬엄쉬엄 하자고 할머니가 애원을 하시는데도 할아버지는 듣는 둥 마는 둥 밖으로 휙 나가시고, 그러면 할 수 없이 따라나서는 할머니들의 안쓰러운 모습. 저 모습이 저 노부부만의 인생이구나 하는 생각이 듭니다. 할아버지

입장에서는 그렇게 일하지 않았으면 가족들이 먹고살기 어려웠을 것이고 자식들도 키울 수 없었을 테지요. 빈 땅을 놀릴 수는 없다는 게 그분들의 생각이고 생활이고 땅에 대한 철학인 것 같습니다.

이제는 좀 그만하셔도 될 텐데 왜 저렇게까지 손에서 일을 놓지 못하실까. 더빙을 하면서 늘 하는 생각인데 참 안타깝습니다. 하지만 일에 대한 그분들의 생각은 아마 변하지 않을 것 같습니다. 그분들을 보면서 지금 나의 모습은 어떤가 하고 돌아보게 되죠. 저 어르신들의 모습이 미래의 내 모습은 아닐까, 평생 일만 하다 가는 사람이어서는 안 되는데, 하면서 자꾸 지금의 저를 돌아보곤 합니다.

오늘은 특별히 어르신들에게 선사하는 곡을 준비했는데요, 아마 〈아름다운 당신에게〉에서 이 곡이 나가면 파격이라고 하실 분들도 계시리라 생각합니다.

나의 사과,
아들의 고백

쇼팽 | 왈츠 9번 A플랫장조 '이별'
엘리소 비르살라제(피아노)

우리 자녀들은 도대체 무슨 생각을 하면서 세상을 살아가는지, 세상 돌아가는 일을 보며 어떤 생각을 하고 있는지 부모들은 참 궁금하죠. 방송중에 보내주시는 문자를 보면 의외로 사근사근하게 속 얘기를 다 하는 자녀들도 꽤 많아 보입니다.

요즘 저희 아이들과는 카톡방이 있어서 같이 문자로 대화를 나누는데 문자를 주고받다보면 다 큰 자녀들인데도 감칠맛 나는 표현들을 꽤 많이 합니다. 이모티콘도 위트 있고 애정이 넘치는 것들로 잘 보내주죠. 그럴 때면 우리는 부모 자식 사이가 나긋나긋하다고 느껴지는데, 실제로 한자리에서 대화를 하다 보면 문자로 얘기할 때와는 분위기가 사뭇 다르다는 느낌을 많이 갖게 되지요. 다 같이 차를 타고 갈 때면 부모는 이런저런 대화가 쭉 이어지기를 바라죠. 그런데 자녀들은 뒷자리에서 각자 누군가와 문자를 하거나 검색을 하는지 휴대폰만 보고 있는 경우가 많아요. 요즘 젊은 사람들이 대부분 그러니까 어쩔 수 없겠죠. 우리는 가족끼리 영화도 잘 보러 다니고 여행도 잘 다니고 이것저것 맛있는 것도 잘 먹으러 다니는 편이어서 같이 시간 보내는 것에 대한 불만이나 아쉬움은 없어요. 하지만 아버지로서는 뭔가 늘 약간의 부족함을 느끼게 되는데, 그건 역시 부모 자식 사이에 대화가 충분하지 않다는 생각 때문이지요. 언제든 자연스럽게 아이들도 자기의 의견을 편하게 얘기하는 그런 분위기를 원하는데 그게 잘 안 되는 거예요. 왜 그럴까, 원인이 뭘까, 어떻게 하면 외국 영화에서처럼 부모 자식 간에 격의 없는 대화가 가능해질까, 고민을 하게 됐죠.

얼마 전 설 명절 때 제가 작심을 하고 가까운 외국으로 같이 여행을 가자고 했어요. 거기서 분위기를 좀 바꿔 대화를 시작해보리라는 생각이었죠. 여행을 가서 이렇게 저렇게 얘기를 시작할 틈을 호시탐탐 노리는데, 여행이 너무 즐겁고 재미있다보니까 괜히 좋은 분위기를 망칠지도 모른다는 생각에 말도 꺼내지

못하게 되더라고요. 성과 없이 여행에서 돌아왔고, 어느 날 늦은 저녁 웬일로 가족 넷이 모두 식탁에 앉게 됐어요. 그러다 자연스럽게 아이들 어릴 적 얘기를 하게 됐습니다. 아들 녀석이 어릴 적에 아빠에게 무슨 얘길 했는데 아빠가 자기를 혼냈다고 하는 거예요. 나는 전혀 그런 기억이 없었어요. 그날 이후로 하고 싶은 얘기가 있어도 속으로 삼키는 경우가 많았다는 깜짝 놀랄 만한 얘기를 듣게 된 거죠. 순간 아! 지금은 웃으면서 농담처럼 얼렁뚱땅 넘어가면 안 되겠다는 생각에 "그랬어? 아빠는 그 일이 잘 기억나지 않는데 어떤 분위기였는지는 알 것 같아. 아빠가 그때 잘못했구나. 상처가 되었구나. 미안하다" 하면서 얼른 시인을 하고 사과를 하는데 눈시울이 뜨거워지더군요. 아이가 밖에서 지독한 좌절을 맛보거나 외톨이가 된 기분으로 집에 들어왔는데, 그날따라 다녀왔다는 인사에 부모가 무슨 일인가로 건성건성 대답한다면 아이는 그 순간 마음을 닫을 수도 있겠구나, 하는 생각이 들었습니다.

아들의 그런 대단한 고백을 들었지만 사실 전혀 기억하지 못하는 일이었어요. 그러나 아들의 마음을 읽고 아버지로서 얼른 사과를 했지요. 아버지의 역할이 어렵다는 생각이 들었는데, 그날 저녁 우리 가정은 새로 태어나는 느낌이었어요. 그동안 서로 뭔가 개운치 않고 부모 자식 사이가 막혀 있는 듯한 느낌이었는데, 아들의 한마디로 그날 저녁 막힌 것이 다 뚫리면서 서로 간에 바람이 통하는 것 같았습니다. 참으로 오래도록 기억에 남을 저녁이었죠. 아버지인 나만 답답했던 게 아니고 아들 녀석도 뭔가 풀고 싶은 답답함이 있었던 것 같아요. 용기 낸 아들을 보니 이제 어른이 다 된 거죠? 우리집의 큰 문제가 얼마 전에 싹 해결됐답니다.

이순재·송해
보통 사람 아니야

차이콥스키 | 발레 〈잠자는 숲속의 미녀〉 중 '파노라마'
리카르도 무티(지휘), 필라델피아 오케스트라

새로운 드라마를 시작하게 됐다고 방송에서 말씀드렸더니 건
강을 잘 유지하라는 문자를 심심치 않게 보내주십니다. 그간에
도 라디오 진행을 하면서 드라마를 계속해왔지요. 그전의 애청
자들의 문자는 드라마 잘 보겠다, 시청률 올려주겠다, 이젠 아
침저녁으로 만나겠다 등등이었는데 이번 문자는 좀 달랐어요.
어느덧 나이가 조금 든 제 건강을 걱정해주시는 것 같기도 했
고, 다른 몇몇 라디오 진행자가 드라마 출연을 계기로 방송을
그만두기도 해서 그런 염려를 하신 게 아닌가 싶었죠. 드라마를

하더라도 라디오를 그만두면 안 된다고 아주 간곡하게 말씀하시는데, 저에 대한 애정에 다시 한번 감사를 드립니다.

사실 저는 라디오 진행을 하기 전에도 다작을 하는 배우는 아니었죠. 일명 '겹치기 출연'은 거의 안 하는 편인데, 아주 오래전 세 작품에 동시에 출연했던 적이 있긴 합니다. 두 작품을 동시에 했던 적도 있는데 끝나가는 드라마와 새로 시작되는 드라마가 한두 주 겹친 정도였죠. 동시에 세 작품을 했을 때는 물론 20대였습니다. 일일극 두 편과 KBS 〈TV문학관〉을 동시에 촬영했는데 지금 생각해도 끔찍합니다. 매니저도 없이 스케줄 맞추기 어려운데 서울에서 촬영이 끝나면 밤에 시외버스를 타고 홍천, 횡성 쪽에 가서 하루 찍고 돌아오고…… 체력도 달리고 잠을 충분히 못 자서 많은 대사를 외우느라 고생했던 기억이 납니다. 세 작품 동시 출연은 그때가 처음이자 마지막이었던 것 같습니다.

아닌 게 아니라 요즘에는 오래전 세 작품을 동시에 했을 때만큼 걱정이 되는 것도 사실이에요. 밤샘 촬영을 하고 나면 목이 쉬는데 방송 듣는 분들이 불편하실 테니 그게 제일 걱정입니다. 잠 좀 못 자는 것은 이젠 오히려 견딜 수 있어요. 그동안 라디오와 드라마를 병행해서 잘해왔듯이 이번에도 잘될 겁니다. 우리 분야에서 이순재 선생님은 여러모로 많은 후배들의 모범이 되는 분이고 젊은 친구들 말로는 '로망'입니다. 몇 번 얘기 했듯이 저도 그분처럼 오래도록 건강하게, 다양하게 연기하고 싶다는 생각을 갖고 있었는데, 시간이 지날수록 '아, 그것은 나의 희망 사항일 뿐일 수도 있겠구나' 싶습니다. 이순재 선생님과 송해 선생님은 대한민국 연예계, 방송계 역사에 남을 만한 아주 특별한 분들이구나 하는 생각이 들기 시작한 거죠. 그분들, 보통 사람 아니다, 라는 생각이 드는 겁니다.

그래서 나는 앞으로 언제까지 일하겠다, 그런 계획을 세워서 그것 때문에 책임감에 부담을 갖기보다는 지금까지 해온 대로 살아가면서 눈앞에 나타나는 일에 최선을 다하며 살자는 결론에 도달했습니다. 여러분이 염려를 많이 해주시니까 저도 덩달아 염려가 되긴 하는데, 걱정 마십시오. 이번 드라마도 성공적으로 건강하게 잘 끝낼 겁니다.

새벽에 몰래 나갔다 온 거
다 알고 있어!

푸치니 | 오페라 〈잔니 스키키〉 중 '오 사랑하는 나의 아버지'
몽세라 카바예(소프라노)

얼마 전의 애청자 사연에 문득 이런 얘기를 해주고 싶다는 생각을 했는데요. 사연인즉 늦게 귀가하는 딸에게 싫은 소리를 하게 됐는데 그 따님이 그에 반발을 하면서 언쟁이 벌어졌고 그래서 속이 많이 상하셨다는 것이었죠. 살면서 어떤 문제로든 누군가와 언쟁을 하고 나면 이기든 지든 기분이 많이 불편해지죠. 특히 가까운 사람, 가족 간에는 더 그런 것 같아요. 서로 믿는 관계여서 그런지 더 실망하게 되고, 스스로에게 속상해하게 되죠. 때로는 하지 말아야 하는 말을 하게 되고, 평소에 하지 않던 거친 표현을 하게 되기도 합니다. 그런 일을 겪고 난 후에는 왜 그랬을까, 참 후회스럽지만 막상 그런 상황이 되면 참기도 힘들죠. 많은 시행착오를 거친 후에야 비로소 참을 수 있게 됩니다. 심한 언쟁을 벌이고 난 뒤의 괴로움이 싫어서 참기도 하지만, 어느 시점부터는 상대방의 입장과 상황을 이해하게 되면서 사랑이라는 이름으로 퍼붓던 거친 표현을 절제하게 되는 거죠.

자식들의 늦은 귀가는 자식을 키우다보면 누구나 겪게 되는 문제일 텐데, 우리도 젊었을 때 늦게 귀가하지 않았나요? 우리도 그랬으면서도 막상 부모가 되니까 입장이 싹 바뀌는 거죠. 우리도 한창때는 부모나 가족보다 친구가 더 좋았죠. 말이 통하고 서로 이해가 되고, 또 친구끼리는 재밌는 일이 왜 그렇게 많았는지요. 같이 갈 데도 많았고요. 얘기하다보면 헤어지기 싫고 그러니 당연히 귀가가 늦어질 수밖에요. 이미 우리도 소싯적에 다 경험해본 일이지만, 그러면서도 자녀들이 위험할까봐 걱정이 되는 건 부모로서 어찌할 수 없는 일이겠지요. 자식이 집에 들어와야 마음이 놓이는 게 부모의 당연한 마음이고요.

얼마 전 저희 딸과 이런저런 얘기를 하다가 늦은 귀가가 화제가 됐어요. 귀가 문제는 사실 자녀들에겐 문제가 아니죠. 그것을 문제라고 생각하는 부모들이 문제라고 자녀들은 생각하고 있을 거예요. 그 얘길 꺼냈을 때 우리 딸이 "나는 일찍 들어

오잖아"라고 자신 있게 말하길래 "새벽에 몰래 나갔다 들어오
는 거 현관 CCTV에 다 찍혀 있어"라고 얘기했죠. 아무런 근거
도 없는 말이었고, 딸이 그랬으리라고 생각한 적도 전혀 없는데
내가 그 얘길 왜 하게 됐는지 모르겠어요. 하여튼 아빠가 그렇
게 얘기하면 딸은 그런 일 없다고 펄쩍 뛰어야 하는 거 아닌가
요? 그런데 딸아이가 가만히 있는 거예요. 마치 체념하고 시인
하듯. 분위기가 이상해졌죠. 아니면 아니다, 그런 일이 있었으
면 씩 하고 웃으면서 시인을 하거나 해야 하는데, 가만히 앉아

있으니까 수습이 안 되는 거예요. 어색하게 앉아 있다가 각자 흩어졌는데 '아니 정말 그랬다는 거야, 아니면 그런 일이 없어서 대꾸를 안 한 거야' 하며 그날 이후 아빠인 나는 이런저런 잡생각에 빠져 있었죠. 그런데 우리 딸은 아무 일 없다는 듯이 편안해 보여요. 이거 무슨 감정이죠?

부모는 자녀, 특히 딸들의 귀가 시간에는 민감할 수밖에 없습니다. 그것은 지극히 당연한 일이죠. 어느 가정이나 자녀를 키우면서 이런 과정을 거칠 텐데 정말 현명하게 대처할 필요가 있습니다. 우린 이미 겪어서 알고 있죠. 자녀에게 우격다짐으로 거칠게 압력을 주듯 얘기하는 건 효과가 별로 없다는 사실을요. 자녀들이 스스로 느끼고 행동하도록 끊임없이 좋은 말로 설득해야 하는데, 하! 어렵네요. 그렇지요? 그저 우리 부모들은 기도하는 마음으로 그 시기가 잘 지나가기를 바랄 뿐입니다.

명동 어느 스탠드바에서
진상을 떨다

쇼팽 | 〈안단테 스피아나토와 그랜드 폴로네이즈 브릴란테〉
E플랫장조 Op.22 중 '안단테 스피아나토'
임동혁(피아노)

1990년대 초반인가요, 청와대에 들어가서 대통령을 포함해 100여 명의 사람들과 식사한 적이 있습니다. 정치적인 행사는 아니었고요, 저축을 잘했다고 초대가 되었는데 제가 저축으로 국무총리상을 받았을 때였죠. 대통령의 모습은 제가 앉은 자리에서는 잘 보이지도 않았고, 제가 그분과 한 공간에서 같이 식사를 했던 기억도 이제는 가물가물합니다. 얼마 전 뉴스에서 대통령을 만난 청년이 얘기를 하다가 눈물 흘리는 모습을 보면서 잊고 있었던 그때가 생각이 났어요. 대통령과 청와대에서 식사하는 자리에는 약간 긴장감도 있어서 눈물을 흘리기 쉽지 않죠. 얼마나 답답했으면 그 청년이 그런 자리에서 울었을까 싶었습니다. 그러면서 저의 오래전 일이 기억났습니다.

대학교 졸업반 때였을 텐데 당시에 우리는 명동을 제집 드나들듯 했죠. 친구들과 가끔 같이 가던 우리만의 스탠드바가 있었어요. 비어홀, 스탠드바 같은 것들이 유행하던 시절이었죠. 맥주 한두 병 시켜놓고 바 안쪽의 종업원과 이런저런 얘기를 나누는 그런 곳이었어요. 지금은 그런 형태의 술집은 없는 것 같아요. 그날 술도 못 마시는 사람이 왜 혼자 스탠드바에 갔는지 모르겠어요. 주량은 겨우 한두 잔인데 맥주 한 병을 거의 다 마시고는 멍하니 앉아 있었죠. 그런데 갑자기 눈물이 나면서 울먹거리다가 급기야는 엉엉 울게 됐습니다. 서러운 마음에 제일 친한 친구에게 공중전화로 전화했더니 내가 울먹이는 소리에 깜짝 놀라서 "야, 너 왜 그래!" 하며 멀리 구의동에서 명동까지 한달음에 달려왔죠.

아마 그 당시의 너무 답답했던 현실 때문이었을 거예요. 배우로서 앞날도 캄캄하고 비전도 보이지 않고 전공상 취직도 쉽지 않고 사는 것도 어려웠으니까요. 앞날이 막막해지면서 내가 간신히 매달리고 있던 보일 듯 말 듯 한 실낱같은 희망의 빛이 순간 사라지고 인생이 꽉 막혀버렸다고 생각했던 날인 것 같습니

영화 〈 두 여자의 집〉의 한
장면.

다. 영화사 미팅은 간간히 있었지만 성사되는 건 별로 없었고,
희망적으로 생각하자 다짐하면서도 안 되면 어떡하지, 하는 불
안한 미래에 대한 걱정이 아마 그날 터져버린 것 같아요. 스탠
드바에서 울먹이는 다 큰 청년. 지금 생각하면 부끄럽죠. 그때
스탠드바 옆자리에 있던 인생 선배들 중에는 울먹거리는 새파
란 젊은이의 심정을 아는 분도 있었을까요. 젊은 친구가 주사가
있구면, 했던 분도 계셨겠죠. 맥주 한 병도 채 못 마시고 말 그
대로 '진상'을 떨던 대학생을 위로해주었던 스탠드바의 아가씨
가 고마웠죠. 그날 그렇게 한참 울고 나니 참 개운했던 기억이

납니다. 며칠 전 뉴스에서 보았던 그 청년이 어떤 얘기를 했는지 자세히 보지는 못했지만, 그 울먹인 심정은 알 것 같아요.

나도 때론
엄청 취하고 싶다

스트라빈스키 | 〈페트르슈카에 의한 세 개의 악장〉 중 1곡 '러시아의 춤'
유자 왕(피아노)

요즘 강조를 할 때 '너무'라는 말을 많이 쓰죠. 원래 부정적인 의미로 쓰는 말이지만 '너무 좋다' '너무 예쁘다'처럼 국민들이 가리지 않고 쓰니까 몇 년 전에 국립국어원에서 부정적인 의미뿐 아니라 긍정적인 의미로도 사용할 수 있다고 발표했습니다. 사람들이 많이 다니는 곳이 길이 되듯이, 언어도 사람들이 많이 사용하는 대로 그 쓰임이 변하는 건 당연한 일이겠죠.

언젠가 제 친구 중 한 명이 "석우는 너무 가정적이야"라고 말했다고 누군가가 저에게 전해줬어요. 너무 가정적? 그때 '너무'

는 저에겐 당연히 부정적인 의미로 들렸죠. 누구나 그렇게 알아듣겠죠. '너무'라는 말을 원래 뜻에 맞게 사용한 좋은 예이긴 한데, 그 표현이 불쾌하지 않았어요. 저에 대해 대놓고 험담은 못하겠고 가족 중심으로 사는 제 모습이 못마땅하긴 하고, 그래서 그런 표현을 했겠죠. 그 친구가 그렇게 봤으면 저를 제대로 본 거지요.

사실 저 스스로도 나는 왜 가정적인 사람이 됐을까, 가끔 자문하기도 하고 생각에 빠져보기도 하는데 명확한 답을 얻기는 쉽지 않습니다. 우선 술을 못하는 것이 이유일 수도 있겠다는 생각이 들어요. 대한민국에서는 특히 술자리에서 많은 것들이 이루어지죠. 술자리는 사회생활의 시작이고 어쩌면 우리 사회 그 자체가 아닐까 싶기도 해요. 술이 약한 저는 그런 사회로부터 약간 외면당하는 느낌도 받고, 배우 일 외의 사회생활, 특히 대인관계를 잘 못하는 성격은 아닐까 싶기도 하고요. 물론 술을 못해서 배우로서도 불편하기 그지없었습니다. 그런 '술 권하는 사회'를 어떻게 살아왔는지…… 술 문제는 제게 참 어려운 일이었어요. 바보 취급을 당하기도 하고, 제 몸만 챙기는 얄미운 사람이라는 핀잔의 눈길도 받았죠. 제가 생각해도 저는 직장생활은 못했을 사람입니다. 그래서 배우라는 직업을 갖고 혼자서 라디오 진행을 하며 살고 있는 지금, 이런 일을 할 수 있도록 길을 열어주신 분들께 언제나 감사하고 있습니다.

지난주 롯데콘서트홀에서 공연이 끝난 그날, 날씨가 너무 좋았죠. 남산에 가서 좀 걷고 저녁에 친구 부부와 식사를 하면서 맥주 반잔을 호기롭게 들이켰습니다. 순간 머리가 핑 돌아서 식사를 잠시 멈추고 호흡을 가다듬었습니다. 술이 약해서 그랬지만 그날 라디오방송 후 이어지는 콘서트홀에서의 공연에 지쳐서 더 그랬겠지요.

공기 좋은 봄날에는 산책 후에 맥주 한 잔 정도는 시원하게 들이켤 수 있는 주량이라면 좋으련만, 저는 술을 너무너무 못 마시는 남자입니다. 술을 못하면 쪼잔한 사람이라고 할까봐 평생을 엄청 신경쓰고 살아왔지요.

자네!
쌍커풀 수술 해야겠다

모차르트 | 디베르티멘토 1번 D장조 중 1악장 '알레그로'
예후디 메뉴인(지휘), 로잔 체임버 오케스트라

살면서 만나는 많은 분들이 지금의 저를 보면서 참 행복해 보인다고 하시고, 또 애청자분들도 그런 문자를 거의 매일 주십니다. 저 스스로도 평범한 하루하루에도 늘 감사하니 행복합니다. 그런데 살아가면서 어려운 일이 없는 사람은 없죠. 어려운 상황이 닥치면 누구나 처음에는 당황하겠죠. 저도 당황하고 우왕좌왕합니다. 그러나 곧 정신을 차리고 그런 시련을 통해 스스로를 돌아보고 겸손해지는 계기로 삼기도 합니다. 또 시련을 통해 새로운 축복이 오리라는 희망을 갖기도 하죠. 행복은 건강과 감사하는 마음에서 온다는 확신을 갖고 살고 있습니다.

얼마 전 방송에서 잡초 같은 삶에 대해 얘길 나눈 적이 있죠. 저를 꽃길만 걸어온 사람으로 아시는 것 같아서 저에게도 잡초 같은 세월이 있었다는 말씀을 드렸어요. 그 얘길 좀 해드릴까 합니다.

저는 제 또래 배우 지망생들이 아주 부러워할 만한 조건으로 영화에 데뷔했어요. 첫 작품부터 주연을 했고 그 영화가 그해 흥행 10위 안에도 들었죠. 근데 사실 그게 다였습니다. 그후로 한동안 잡초같이 살지 않으면 안 되었던 때가 있었습니다. 그 시기는 나름대로 제 인생을 돌이켜볼 때 빙하기였죠.

요즘 배우들은 연기 오디션을 봐서 캐스팅을 하지만 제가 신인이었을 때는 연기 테스트보다 면접 같은 것, 얼굴과 몸매를 보는 게 오디션이었어요. 가끔 메이저 영화사에서 만나자는 연락이 오면 나름 깨끗한 옷으로 차려입고 찾아갑니다. 새로운 작품에 대한 기대도 있고, 한편으로는 감독님이나 영화사 사장님들은 대학생인 제가 볼 때 나이 많은 어른이었으니까 어려운 마음에 떨리기도 하고, 그런 마음으로 영화사에 가요. 영화사 사장님 방들은 정말 크고 으리으리했어요. 널찍한 소파에 앉아 차를 마시면서 사장님과 감독님은 이런저런 얘기를 하시는데 나한테는 왜 보자고 했는지, 어떤 작품들을 기획하고 있는지 전혀 얘기하지 않아요. 그건 바로 제가 영화사 사무실에 등장하는 순간 퇴짜를 맞았다는 의미예요. 신인 배우인 젊은 친구에게 매너 있게 차 한잔 먹여서 보내려는 것이고요. 물건너갔다는 걸 알게 된 그 순간부터 저도 모르는 척하면서 차 마시는 게 쉽지 않지만 어쩔 수가 없죠. 아무리 신인이래도 만나는 순간 퇴짜를 맞으면 자존심이 많이 상하죠. 영화사를 뒤로하고 허탈하게 정처 없이 걷죠. 자가용은 꿈도 꿀 수 없는 시절이었고, 매니저도 없이 언제나 혼자서 털털거리고 다니는 독립군이었으니까요.

얼마 전 세상을 떠나신 신성일 선생님이 영화사를 경영한 적이 있는데, 어느 토요일 오후에 저를 영화사로 부르셔서 갔습니다. 그런데 영화 얘기는 한마디도 안 하시고 당신이 하던 운동, 왕년의 일들에 대해서만 장황하게 말씀하셨어요. 왜 보자고 했는지에 대해서는 일언반구도 없이, 호두였던 것 같은데 그것만 계속 까 드시다가 "그래, 그만 가봐라" 해서 돌아나왔던 적이 있습니다. 혹시 새로운 작품을 하게 되려나 하며 약간 들떠서 갔는데, 햇살 가득한 토요일 오후 충무로 길을 걸으면서 기대했던 만큼 허탈해했던 기억이 납니다.

〈바보들의 행진〉이라는 영화는 우리 세대에겐 잊지 못할 작품이죠. 그 속편을 제작한다는 소문이 있던 영화사에서 연락이 왔어요. 하길종 감독님이었죠. 영화사 사장님과 셋이 앉게 됐는데 두 분이 저를 요모조모 뜯어보기만 하고 작품 얘기는 한마디도 안 하는 거예요. 지금도 기억에 남아 있는 그날의 한마디는 영화사 박사장님이 하셨죠. "자네는 쌍꺼풀 수술을 해야겠는데." 아마 제가 그때는 쌍꺼풀이 없었나봐요. 그후에 쌍꺼풀이 저절로 생겼습니다. 속쌍꺼풀이 밖으로 나와서 자리를 잡은 거겠죠. 나중에 신문을 통해 그 속편이 크랭크인된다는 기사를 보면서 낙담했던 생각이 납니다.

많은 영화사에 수년 동안 면접을 보러 다니면서 제대로 된 극영화는 딱 한 편을 했으니 그때는 백수도 그런 백수가 없었고, 잡초 중에서도 상잡초였죠. 그때는 영화배우와 탤런트 간에 묘한 대립이 있어서 영화배우들 사이에선 TV로 옮겨가면 배신자라는 시선을 받았습니다. 그러나 저는 결국 못 참고 1982년 텔레비전으로 옮겨가 〈보통 사람들〉이라는 드라마로 TV에 데뷔하게 됩니다.

검정 팬티
처음 보세요

손승교 작시, 이호섭 작곡 | 〈옛날은 가고 없어도〉
박세원(테너)

새로운 드라마를 하게 됐다고 제가 말씀드렸죠. 〈여름아 부탁
해〉 첫 녹화를 마쳤습니다. 여기서 여름은 'summer'가 아니고
요, 비밀을 지닌 어떤 아이의 이름입니다. 아무래도 첫 녹화는
조금 힘들어요. 처음 만나는 작가의 어투, 새로 만난 배우들의
눈동자도 익숙지 않고, 새로운 스태프, 세트 등 눈에 익숙지 않
은 여러 모습에 적응하는 데 시간이 필요하지요. 그런데 방송
사의 스튜디오 시설과 복도만은 옛날 그대로였습니다. 아주 오
래전 그 스튜디오와 복도에서 함께 일했던 사람들 가운데 많

은 이들이 이미 간데없죠. TV 드라마 데뷔할 때 지독한 스트레스로 힘들었던 기억이 나면서 이번에 같이 일하게 된 신인 배우들의 모습을 보며 오래전에 방송사 건물만 봐도 배가 사르르 아팠던 나처럼 저 친구들도 지금 지독한 스트레스에 힘들어하고 있지는 않나 걱정도 되더군요. 녹화를 준비하면 복도를 왔다 갔다 하게 되는데 많은 일들이 생각났습니다. 지금은 안부를 알 수 없는 선배님들, 친구들, 후배들, 같이 애썼던 스태프의 얼굴도 떠올랐고요. KBS 별관에는 드라마 스튜디오가 세 개 있는데, 이번 새 드라마도 역시 A스튜디오에서 녹화를 하게 되지요. A스튜디오는 KBS의 저녁 일일극과 주말 연속극을 녹화하는 곳인데, 수십 년간 우리가 아는 거의 모든 배우들이 드나들며 수많은 드라마를 만들어낸, 어찌 보면 우리의 방송 분야에서 역사성이 있는 곳이지요.

요즘 가끔 소식이 궁금한 배우가 있어요. 그분과 저는 A스튜디오에서 녹화를 했던 적이 있습니다. 〈드라마 게임〉이었는지, 연말 특집극이었는지 확실치는 않은데 제 누나로 출연했던 분이에요. 드라마의 여러 신에서 만나는 사이가 아니라 녹화하면서도 같이 식사를 하거나 차 한 잔도 같이 마신 기억이 없는 분이죠. 참 조용한 분이었고 저도 그런 편이어서 사적인 얘기는 한마디도 못 나눈 그런 사이였고요. 당시 그분이 출연한 영화

〈영자의 전성시대〉 포스터

가 엄청난 히트를 했죠. 그래서 아주 유명해진 배우예요. 〈영자
의 전성시대〉라는 영화 기억하시죠? 맞습니다. 염복순씨예요.
배우들 중에는 작품 속에서의 이미지와는 전혀 다른 경우가 많
지요. 작품 속에서는 정말 근사하고 멋있는데 실제로 만나 일을
같이하면서 제 마음에 아쉬움을 많이 주었던 선배님도 계시죠.
누구냐고요? 그건 저만의 비밀입니다. 그 반대가 염복순 선배
님인데 영화 속에서와 너무 다른 느낌이었어요. 사창가 얘기를
다룬 영화니까 실제와 느낌이 같으면 안 되긴 하죠. 그분이 언
제부터, 무슨 이유로 우리 눈에 안 보이기 시작했는지 알 수 없

습니다만, 지금은 어디서 어떻게 살고 계시는지 궁금하네요. 그저 한두 가닥의 기억이 전부이니 그분을 안다고도 말하기 어려운 사이지만 A스튜디오에 갈 때마다 생각나는 것은 왜인지 모르겠습니다.

한 가지 기억나는 에피소드가 있네요. 그때 A스튜디오에서 녹화했던 드라마의 전체적인 내용은 기억이 잘 안 나는데, 아마 제가 크게 다쳐서 병원에 입원을 하고 그 옆에서 저의 어머니 역이었던 반효정 선배님과 누님 역이었던 염복순 선배님이 저를 간호하는 신이었을 겁니다. 두 분이 비몽사몽인 저의 환자복을 갈아입히는 장면이 있었는데, 낑낑거리며 제 환자복을 갈아입히다가 두 분이 갑자기 스튜디오 바닥에서 포복절도를 하는 거예요. 물론 NG가 났죠. 두 분이 계속 웃음을 참지 못해서 스튜디오에 난리가 났습니다. 그래서 제가 눈을 찔끔 뜨고 물었죠. "도대체 왜 그러세요?" 그랬더니 하시는 말씀이 남자의 검정 팬티는 처음 본다고……

존경하는
신봉승 선생님

바흐 | 칸타타 BWV147 〈마음과 입과 행동과 생명으로〉 중 '예수, 인간 소망의 기쁨'
네빌 마리너(지휘), 아카데미 오브 세인트 마틴 인 더 필즈

전에는 방송국이 세 개뿐이었죠. KBS, MBC, TBC. 지금은 공중파가 네 개 채널이 됐고 종편도 여러 개 생겼고요. 그리고 셀 수 없이 많은 케이블 채널이 생겼는데 다들 운영이 되는지 남의 일 같지 않아 걱정이 됩니다. 하기야 내가 걱정할 일은 아니지만.

채널 수는 많아지고 제작은 여건상 어렵고, 그러니까 당연히 재방송이 많아질 수밖에 없죠. 예능 프로그램, 연예 프로그램뿐만 아니라 드라마 재방률이 너무 심하다는 생각이 들 정도로

높아요. 밑바닥까지 박박 다 긁어서 보여주는 그런 느낌인데 그게 우리 연기자에게는 독일까, 아니면 득일까 생각해보게 됩니다. 시청자 입장에서는 이제는 친근해진 연기자의 신인 시절 모습을 보는 재미가 있겠지만, 연기자 입장에선 여간 죽을 맛이 아니에요. 왜냐하면 부끄럽거든요. 신인 때의 연기는 아무래도 여러모로 어설프니까요. 그런 점을 다 감안해서 봐주고 계시겠죠?

최근에 1988년 방영했던 〈조선왕조 500년 인현왕후〉라는 드라마가 재방송이 돼서 저도 우연히 한두 번 봤습니다. 어느 채널인지는 사실 잘 모르죠. 그 드라마에서 숙종 역을 했는데 제가 보기에는 아쉬운 점이 많았습니다. 장희빈과의 비극적인 사랑 이야기, 지금이라면 정말 잘할 수 있을 것 같지만 이제는 누구도 저에게 숙종 역할을 맡겨주진 않겠죠. 그 드라마를 하면서 역사 공부를 많이 했어요. 학창 시절에 배웠던 노론, 소론, 남인, 북인 사색당파도 그 시대에 나오죠. 우암 송시열, 서포 김만중, 남구만…… 남구만의 시조는 다 기억하시잖아요. '동창이 밝았느냐 노고지리 우지진다 소 치는 아이놈은 상기 아니 일었느냐 재 넘어 사래 긴 밭을 언제 갈려 하나니.' 숙종과 장희빈의 아들 경종, 최숙의의 아들 영조, 영조의 아들 사도세자, 사도세자의 아들 정조, 혜경궁 홍씨…… 이런 인물들이 있었기에 드라마로 만들기에 좋지 않았나 하는 생각이 듭니다. 정말 신도 많고 대사도 많았지요. 그럼에도 불구하고 유일하게 기억에 남아 있는 대사 한마디는 바로 이것입니다. '정치란 백성의 눈물을 닦아주는 것이다.' 신봉승 선생님께서 쓰신 그 대사가 지금도 기억이 납니다.

〈아름다운 당신에게〉에서는 철저하게 정치 이야기를 배제하고 있습니다. 제가 정치에 관심이 전혀 없는 건 아니지만 우리 방송에서는 정치 이야기를 하지 않는다는 게 옳다는 생각입니다. 그럼에도 지금 우리 정치가 국민의 눈물을 닦아주고 있는가 하는 생각은 하게 됩니다. 지난주 국회에서 있었던 일들을 보면서 우리가 학생 때 공부하면서도 부끄러워했던 사색당파가 떠올랐습니다. 300여 년 전과 하나도 달라진 게 없는 듯한 우리의 정치 현실을 보면서 실망감이 들었죠. 붕당은 권력을 더 갖기 위해 생겨난 것이죠. 국가 전체의 이익보다는 자신의 속한 집단의 세력 확장이나 정권 유지가 더 중요한 사람들이 만들어낸 것입니다. 뉴스를 보면서 역사는 반복된다는 말을 다시 한번 떠올리게 됐습니다. 이게 우리의 한계인가 하는 생각도 들었고요. 그래도 달라지겠지 하는 기대감이 있을 때가 좋았는데, 그게 무너진 날은 참 슬프죠. 그럼에도 우리에게 반드시 좋은 날이 있기를 바랍니다.

〈젊은이의 노래〉와
연속극 〈아줌마〉

멘델스존 | 교향곡 1번 C단조 2악장 '안단테'
클라우디오 아바도(지휘), 런던 심포니 오케스트라

제가 〈아름다운 당신에게〉를 진행한 지 벌써 3년 반이 지나 4년이 되어가고 있습니다. 먼저 했던 방송은 9년 가까이 진행했지요. 저도 제가 이렇게 오랫동안 라디오를 진행하리라고는 상상도 못했습니다. 라디오 진행에 관심이 많은 연기자들도 있겠지만 저는 남의 일로 여기던 사람이었어요. 방송가에서는 어떤 사람이 등장해 갑자기 화제가 되면 여러 TV 프로그램에서 초대를 하죠. 라디오 쪽에서도 역시 관심을 갖고 진행을 맡겨보고 싶어합니다.

1982년 데뷔한 드라마에서 유명해지자 라디오 쪽에서 바로 프러포즈가 왔습니다. 심야 프로그램이었고 라디오 부스에 들어가 처음으로 테스트를 받았는데 그후에 아무런 연락이 없데요. 그래서 내가 라디오에 어울리지 않는가보다, 당시 최고의 심야 프로그램을 맡기기에는 불안했나보다 했어요. 자존심은 조금 상했지만 없던 일로 생각해버렸습니다. 30여 전 전의 일이죠. 최근에 그때 그 일에 관한 이야기를 우연히 듣게 됐어요. 당시 라디오국에서 나를 테스트한 후에 진행을 맡기기로 거의 결정을 했는데 소위 '빽'으로 누가 밀고 들어오는 바람에 진행자가 바뀌었다고 하네요. 당시에 있었던 그 일을 알게 된 사람이 최근에 저한테 이야기를 전해주었는데, 글쎄요, 그 얘기를 해준 사람이 누군지, '빽'을 쓴 사람이 누군지 저는 관심이 없습니다. 그런 유의 이야기에는 그때나 지금이나 별 관심이 없어요. 그 얘기를 해준 사람도 생각이 안 나네요. 그런데 그런 일은 방송계에서는 비일비재하죠. 어쨌든 세상에 비밀은 없네요. 30여 년이 지나 전혀 생각지도 못한 엉뚱한 사람에게서 그때 이야기를 듣게 되다니…… 그때 제가 테스트 받은 걸 아는 사람이 과연 몇 명이 있겠습니까. 세상에는 그런 식으로라도 일을 차지하는 것에 익숙한 사람과 그런 식으로는 절대 일에 접근하지 않는 사람이 있겠죠.

어쨌든 저는 결국 라디오에 발을 들여놓게 됩니다. 통기타 가수들이 출연하는 모 방송국 공개방송이었는데 그 프로그램을 진행하게 됐죠. 거기에서 언더그라운드 통기타 가수들과 당대 유명 통기타 가수들을 다 만나게 됐어요. 그 당시 첫 음반을 낸 〈모두가 사랑이에요〉의 해바라기도 만났고, 노사연씨도 아마 그때 첫 음반 〈님 그림자〉를 냈던 것 같아요. 통기타의 최고봉은 역시 송창식, 윤형주 형님이지요. 그 두 분, 특히 윤형주 형님이 나오게 되면 담당 PD가 저희를 초긴장하게 했습니다. 그분이 워낙 달변이라 주객이 뒤바뀌는 수가 있으니 정신 바짝 차리라고요. 또 아직도 많은 팬들이 기억하는 아련한 기억 속의 가수 김정호씨가 출연했는데 아마 그분의 마지막 방송 출연이었던 것 같아요. 몸이 너무 말라서 의자에 앉질 못하더라고요. 스튜디오 벽에 기대 쪼그려 앉아 있던 모습이 아직 눈에 선합니다. 커다란 눈망울, 검어진 얼굴, 그날 〈세월 그것은 바람〉 그 노래를 숨이 가빠서 1절, 2절을 나누어 쉬어가면서 녹음했던 기억이 납니다.

당시 방송을 같이했던 작가는 후에 드라마 작가로 데뷔를 했다지요. 그로부터 16, 17년이 지나 MBC TV 〈아줌마〉라는 드라마를 할 때인데, 대본에 인쇄된 작가 이름이 눈에 익은 거예요. 그리고 드라마 촬영이 다 끝나고 종방연 때 식당에 들어서는 순간 많이 본 듯한 얼굴이 보여요. 맞아요. 아주 오래전 방송을 같이했던 정성주 작가였어요. 〈아줌마〉를 비롯해서 〈장미와 콩나물〉 같은 작품을 쓴 대단한 작가죠. 제 라디오 진행의 시작은 그랬습니다.

잘못했다고
무조건 빌어

프란티셰크 드르들라 | Souvenir
데이비드 김(바이올린), 게일 니와(피아노)

5월은 바쁘셨죠? 어린이날, 어버이날, 스승의 날까지 있어 많은
분들이 바쁘셨을 텐데요. 저는 '가족이란 번거로운 행복'이라고
언제나 얘기합니다. 행복한 번거로움일 수도 있죠. 그런 날 함
께할 가족이 있고 비록 잘해줄 수 있는 상황은 아니더라도 마
음이 쓰이는 가족이 있다면 꽤 괜찮은 삶입니다. 저희 학창 시
절에는 어버이날이 아니라 어머니날이었죠. 많은 아버지들이
들으면 서운할지 모르겠지만 저는 그냥 어머니날로 됐으면 좋
았을걸 하는 생각도 해요. 어머니날이라고 하면 뭔가 아련한 느

낌이 있고 뭉클한 감정이 생기는 것 같은데, 어버이날은 어떤 행사를 하는 날 같다고 할까요. 제가 그런 생각을 하게 된 데는 자라면서 아버지와의 관계가 썩 친밀하지 않았던 것도 영향을 주었겠죠. 저희 세대에 대화가 원활하고 긴밀했던 부자지간은 글쎄요, 제 생각엔 많지 않았을 것 같아요.

저의 아버지도 언제나 아주 근엄한 표정이었고, 어린 저는 아버지가 어렵다는 생각을 많이 했지요. 아버지는 일부러 웃지 않으려고 애를 썼던 분, 저는 그렇게 기억을 하고 있습니다. 속에 있는 감정을 잘 드러내지 않으려고 애썼던 분이었습니다. 중학교 1, 2학년 때까지만 해도 아버지를 따라 친구분 댁에 놀러갔던 생각이 나는데 그후로는 같이 다닌 적도 별로 없고, 불행하게도 아버지와 다정하게 이야기를 나눈 기억이 없네요. 꾸지람을 들을 때나 걱정하시는 말씀을 들을 때나 아버지와 마주 앉게 되었죠.

제가 재수할 때는 종로 쪽에 재수 학원들이 몰려 있었는데, 제가 다니던 학원은 인사동길 안국동 쪽 끄트머리에 있는 제법 큰 학원이었어요. 그때는 제가 담배를 피웠는데 지금이야 흡연이든 음주든 성인이 되면 자유롭게 하지만 우리 때는 이미 성년인데도 불구하고 술을 마시거나 담배를 피우다 부모님께 들키면 혼나던 시절이어서 몰래 마시고 숨어서 피우곤 했어요. 물론 술을 마시거나 담배를 피우면 냄새가 나니까 부모님들도 알긴 아셨겠죠. 재수할 때 검은색 가방, 일명 '대학생 가방'을 들고 다녔는데 담뱃갑을 그 가방 가운데에 넣고 지퍼로 잠가놓곤 했어요. 어느 날 아침 학원에 가서 1교시가 끝나고 친구들과 한 대 꼬나물고 끽연을 즐기려고 하는데 어라, 가방에 넣어둔 담배가 없어요. 구석구석 아무리 뒤져도 안 보이는 거예요. 어제 분명히 몇 개비 남은 걸 넣고 잠갔는데 어디 갔지? 순간 불안감이 엄습해오면서 문득 아버지 얼굴이 떠오르는 거예요. 설마 아버지가 빼셨나? 그날은 학원에서 하루종일 좌불안석이었죠. 내 얘기를 들은 재수생 친구들도 자기 일처럼 걱정해주었지만 도움은 전혀 안 되었죠. 학원이 파하고 집으로 오는 길에는 발걸음이 천근만근이었어요. 집에 들어서면서 눈치를 쓱 살피는데 심쿵! 어머니 얼굴에 수심이 가득했습니다. 부엌으로 나를 잡아끌고 가시더니, 우리 어머니들의 고정 멘트 기억하시죠? "잘못했다고 무조건 빌어"라고 하시는 거예요.

방에 들어서며 "다녀왔습니다"라고 하는 동시에 아이쿠, 저절로 무릎이 꿇어졌습니다. 왜냐고요? 제 가방 속에 있어야 할 그 담뱃갑이 아버지 무릎 앞에 턱 놓여 있었으니까요. 요즘은 '왜요? 피울 수도 있죠, 나도 성인인데' 하는 친구들도 있을 수 있겠지만 우리 때는 어림 반 푼어치도 없는 소리죠. 내 의지와 상관없이 도가니에 힘이 빠지면서 무릎을 꿇게 됐고, 어떡해야 하나 막막해하고 있는데 어느새 옆에 오신 어머니가 말 한마디 못하고 있는 제 옆구리를 쿡쿡 찌르면서 그러시는 거예요. "아, 얘가 잘못했다잖아요. 이제 안 피운대요. 너 약속하지?" 저는 아버지 눈치만 슬쩍슬쩍 살피고 있는데 어머니는 내가 하지도 않은 소리를 무슨 수로 들었는지 계속 말씀하셨죠. "거봐요, 다시는 안 피운다잖아요."

이런 분위기. 우리 세대에게는 익숙하지요? 다시는 담배를 피우지 않기로 당사자인 저는 빼고 두 분이 약속을 하면서 무거운 마음으로 보냈던 하루가 마무리됐습니다. 지금 생각하면 그것은 어머니와 아버지가 암묵적인 약속으로 가정을 꾸려가는 테크닉이 아니었나 싶어요. 자식의 잘못을 용서하면서 자식에게 '재발 방지'의 압력을 옵션으로 넣는 고차원적 수법. 집집마다 어머니들의 그런 기지가 있었기에 우리 남자아이들이 겨우겨우 살아남았지요.

담배요? 그날 그 난리를 치고도 한 20년을 몰래 피웠는데 이제 끊은 지도 20년이 되었군요.

인생은 '절대'
연극이 아니다

브람스 | 4개의 엄숙한 노래 중 1곡 '사람의 아들들에게 임하는 바는'
미샤 마이스키(첼로), 파벨 기릴로프(피아노)

대학 때는 그래도 연극을 몇 편 했는데 졸업 후에는 주로 영화와 드라마 출연을 하게 되었고 무대에는 뮤지컬로 한 번 섰지요. 연극이나 뮤지컬로 무대에 선 지 참 오래됐네요. 그런데 사실 대학 때도 연극보다는 영화에 관심이 많았고, 또 시내 음악 감상실이나 대학 방송국에서 음악을 들으며 보내는 시간을 더 좋아했지요. 그러다보니 연극 무대가 친근한 편은 아니에요. 연극에 미쳐 무대에서 생을 마감하고 싶다는 배우도 있긴 하지만, 저는 내가 정말 좋아하는 어떤 일이 있다 해도 그 일을 하면서 세상을 떠나고 싶다는 생각을 해본 적은 없어요.

'연극 같은 인생' '드라마 같은 인생' '인생은 연극이다' '우리는 인생이라는 무대에 서 있고 그러니 무대에서 생을 마감한다', 이런 얘기들 많이 하죠. 그런데 왜 나는 그런 이야기에 공감이 안 될까요? 물론 눈물, 웃음, 슬픔과 노여움, 서운함, 기쁨, 인간의 희로애락이 드라마처럼 펼쳐지고, 무엇보다 시작이 있으면 끝도 있다는 그런 점에서 인생은 연극이고 드라마와 같다고 말씀하시는 것이겠죠.

모시고 살던 어머니가 어느 날 아침식사를 잘하시고 나서 오전 열시쯤 되었을 때 저희 아이가 "할머니가 이상해요" 하며 방으로 달려왔어요. 얼른 나가봤더니 어머니가 화장실 문에 맥없이 기대앉아 계셨어요. 어머니의 몸을 흔들어보니 이미 의식은 없어 보였고요. 119에 급히 신고를 했고 곧 도착한 구급차를 타고 병원으로 가는데 정말 황망하고 뭘 어떻게 해야 하는지 머릿속이 복잡해지면서 사람이 붕 뜬 듯한 그런 느낌을 경험했죠. 응급실에 도착을 했는데 이미 늦었다는 거예요. 그후로 여러 상황이 이어졌는데 머릿속에서 그 순서가 뒤죽박죽이 되어 있어요. 구급차인지 앰뷸런스인지 어떤 차 뒤쪽에 타고 영안실이 있는 장례식장으로 가는 그 길지 않은 시간에 차 안에 누워 계신 어머니 옆에 앉아서 얼마나 통곡을 했는지요. 그렇게 우는데 이

상한 생각이 드는 거예요. 지금 이 상황이 실제가 아니고 드라마의 어떤 신이라는 생각 말이에요. 어머니의 죽음 앞에 오열하는 이 장면 촬영이 끝나면 나는 다시 집으로 돌아갈 것이고, 일 마치고 들어오는 나를 어머니가 반겨주는 원래의 삶으로 돌아갈 거라는…… '연기를 오래 하다보니까 별 착각을 다 하는구나' '이것도 직업병이구나' 하는 생각이 들더군요. 언제부터인가 살면서 힘든 일을 겪을 때면 '이 신 촬영만 끝나면 된다, 이 촬영이 끝나면 모든 일은 원래대로 돌아간다'라고 생각하는 이 상한 직업병이 생긴 것 같습니다.

어머니를 안치하면서 인생은 연극이 아니라는 사실이 제 마음속에 깊게 새겨졌죠. 인생은 연극처럼 처음으로 돌아가 다시 시작할 수 없다는 사실. 인생이 무대에서 펼쳐지는 연극이라면 딱 한 번만 하는 공연, 그러니까 틀린 곳을 수정해가며 내일도 하고 모레도 하는 그런 공연이 아니라 단 한 번만 하는 공연이라고 말할 수는 있겠네요.

인생은 연극이나 드라마라기보다는 '생방송'이라는 느낌이 듭니다. 경험 많은 진행자와 노련한 출연자들이 만드는 빈틈없는 생방송이 아니라, 경험이 전혀 없는 신인들끼리 모여서 만드는 아슬아슬한 생방송. 실제 방송에서는 있을 수 없는 상황이 인생에서는 일어나죠. 그러나 우리는 해내야죠. 그리고 잘해내고 있습니다. 생방송은 끝나고 나면 늘 아쉽죠. 좀더 잘할 수 있었는데…… 인생의 생방송은 어떨까요? 끝나고 나면 무슨 말을 하게 될까요?

아들아,
언제나 너를 위해 기도하마

아렌스키 | 피아노 트리오 1번 D단조 중 3악장 '엘레지아 아다지오'
트리오 반더러

우리 세대는 학교 공부를 마치고 나면 얼른 직장을 가져야 했죠. 그리고 돈을 벌게 되면 형편에 따라서 가계에 보태거나 아예 가계를 책임지기도 했습니다. 남자든 여자든 맏이의 책임이 참 컸죠. 하지만 형편에 따라서는 둘째, 셋째, 심지어는 막내라도 먼저 돈을 벌게 되면 그것은 그 사람만의 것이 아니었어요. 거기에 가족 모두의 생존이 달려 있기도 했으니까요. 첫 월급을 받으면 속옷이나 봉투에 넣은 용돈을 부모님이나 가족에게 선물하던 예전의 흔적이 아직 남아 있긴 하더군요. 저도 돈을 벌기 시작하면서 그게 전부 제 것이라는 생각은 해본 적이 없습니다.

가계를 책임지는 대표 선수 격인 맏이에게 동생들은 많은 것을 양보했죠. 감히 희생이라고 표현해도 무방합니다. 그러니 한 가정의 대표 선수는 그만큼 부담이 컸죠. 그리고 연로한 부모님을 대신해 어린 동생들을 돌봐야 한다는 책임감도 컸습니다. 그러니 먼저 취직을 해서 사회에 나간 자식은 온 가족의 관심사였고, 좋은 곳(?)에 취직이 되기라도 하면 온 집안의 자랑거리가 되기도 했죠. 하지만 결혼을 하면서 눈물을 머금고 그 책무를 놓아버린 맏이들의 이야기도 떠오릅니다. 물론 결혼 후에도 가계를 책임진 언니, 오빠 들도 많았죠.

요즘도 부모들은 공부를 마친 자녀들의 취직에 관심이 많지 않습니까? 저희 아들은 대학교 재학중에 의경을 다녀와서 복학을 했는데, 학교를 마치기도 전에 취직이 됐어요. 취직 시험 본다는 말도 하지 않았는데, 하여간 좋은 회사에 취직이 됐다고 나중에 통보를 하더군요. 검색을 해보니까 요즘 젊은이들이 가장 가고 싶어한다는 회사인데, 아들이 거기 다닌다고 하면 지인들이 "와" 하더군요. 기분 나쁜 일은 아니죠.

얼마 전에 집안일 때문에 아들의 재직증명서가 필요해서 떼어 오라고 했는데 알았다고 하고는 차일피일 미뤄요. 서류가 필

아들, 딸과 뉴욕에서.

요한 날은 다가오고, 그래서 좀 급하다, 오늘은 해야 한다고 문
자를 넣었는데 아들이 다음날 장문의 편지를 써서 방에 놓고
나갔다고 아내에게 연락이 왔어요. 일 끝나고 얼른 집에 들어가
서 읽어봤더니 그간 창업을 준비했는데 때가 돼서 회사를 그만
뒀노라고, 이미 그만둔 지 여러 날 되었다는 것이었어요. 남들
이 부러워하는 회사를 그만둔 것도 좀 아쉬웠지만 그보다는 부
모와 미리 상의하지 않은 게 더 서운했죠. 먼저 의논했다면 부
모인 우리가 안 된다고 말렸을까요? 글쎄요, 원하는 대로 하라
고 했을 것 같은데 말이죠.

어쨌든 제 일을 스스로 잘 찾아가는 아들이 대견하고 고맙죠.

이미 창업을 했고, 요즘은 프레젠테이션을 하면서 투자처를 찾아다니는데 투자처 여러 곳에서 만나자고 한다니까 잘하고 있나봐요. 물론 시행착오도 겪겠죠. 하지만 다른 걸 다 떠나서 아들이 지금 하고 있는 일이 정말 좋다고 하니까 그 얼마나 좋습니까? 말 그대로 하고 싶은 걸 하고 있는 거잖아요. 아들이 대학에 들어갔을 때 제가 해준 말이 있습니다. "인생은 친구나 선후배 들과 의논하면서 사는 거야. 그래도 해결이 안 되면 그때는 아빠한테 와. 엄마, 아빠는 뒤에서 언제나 널 위해 기도하고 있으마." 그 말을 잘 들은 것 같아요. 정말 친구, 선후배 들과 알아서 잘 해결하고 있습니다. 그래도 엄마는 궁금해서 이것저것 자주 물어보는 모양인데 그러면 차근차근 설명도 잘해준다고 해요. 더이상 바랄 게 없습니다. 아들이 첫 월급 받았을 때 나에게 선물로 준 금일봉은 아직 봉투째 보관하고 있는데, 언제 어떻게 쓰게 될지 나도 궁금해요. 아들이 다니다 그만둔 회사가 궁금하신가요?

첫 친구,
첫 이별

슈만 | 피아노 4중주 E플랫장조 Op. 47 중 3악장 '안단테 칸타빌레'
르노 카퓌송(바이올린), 리다 첸(비올라), 고티에 카퓌송(첼로), 마르타 아르헤리치(피아노)

요즘 기온이 올라가는 추이를 보면 올여름 더위도 심상치 않아 보입니다. 요사이의 햇살은 뜨거운 한여름의 햇살을 방불케 하죠. 아직 바람은 시원해서 견딜 만하긴 하지만요. 지금이 6월 중순이니까 준비성 있는 분들은 이미 여름휴가 계획을 세우셨겠고, 올여름 휴가가 가능한 분들은 늦어도 이달 안에는 방향을 잡으셔야겠죠.

저는 작년에도 휴가를 못 갔는데 그걸 기억하시고는 올해는 여름휴가 꼭 다녀오라고 해주신 애청자의 문자를 보면서 참 고

마운 마음이 들더군요. 별걸 다 기억하시는 애청자. 저도 아직
은 기억력이 생생해서 별걸 다 기억하는 진행자죠. 〈아름다운
당신에게〉 덕분에 가능한 서로에 대한 좋은 관심이라고 생각해
요. 하지만 아쉽게도 저는 올해도 여름휴가는 못 갈 것 같습니
다. 드라마가 있기 때문이죠.

날이 더워지면서 휴가를 생각하는 여름철이면 생각나는 일
이 있어요. 초등학교 1학년이 되면서부터 저는 교회 주일학교
를 다녔어요. 학교나 동네에서보다 주일학교에서 친구를 먼저
사귀었고, '친구란 참 좋은 것이구나' 하고 처음 알게 된 것도
주일학교에서였죠. 1, 2, 3학년은 유년부, 4, 5, 6학년은 초등부
로 나뉘어 있었죠. 유년부 학생이었을 때 처음 친구를 사귀게
되었는데 유명한 영화 〈삼총사〉처럼 저희도 세 명이었습니다.
다들 성품이 참 유해서 한 번도 다투지 않은 사이좋은 관계였
습니다. 우리 셋 모두 누나가 있었고 다 같은 교회를 다녔습니
다. 몇 살 차이 안 나는 누나들이었는데도 동생들의 관계를 예
쁘게 봐주고 계속 잘 사귀길 바라는 걸 우리도 느꼈습니다. 주
일날과 수요일은 반드시 교회에 가니 예배당에서 만나 놀 수
있었고, 또 다들 교회 근처에 살아서 평일에도 교회 주변 공원
에서 만나 놀았지요.

초등학교 3학년 무렵이에요. 여름방학이라고 해서 지금처럼

너 나 할 것 없이 휴가를 가는 시절은 아니었기 때문에 며칠씩 못 만나는 일은 없었죠. 저도 특별히 여름휴가를 가거나 할 형편은 아니어서 동네 공원에 있는 수영장에 몇 번 가는 게 최고의 방학 선물이었죠. 어쩌면 그게 여름휴가의 전부였는지도 몰라요. 갈 데도 없고 할일도 없는 심심한 여름방학이어서 지루하기까지 했죠. 그래서 그 친구들을 거의 매일, 더 자주 만나게 되었지요.

어느 주일날 교회를 갔는데 한 친구가 안 보여요. 그 친구의 누나는 걸음걸이도 얌전하고 말도 참 조용조용 하는 사람이었는데 우리를 보자고 하더니 침착하고 어른스럽게 얘기를 꺼냈어요. 너희 친구, 내 동생 주성이가 얼마 전 물놀이 사고로 세상을 떠났다. 동생들의 친구를 위로하면서 얘기를 하는데 지금 생각해보면 그 누나도 우리보다 두 살쯤 많았을 뿐이니 어른이 볼 때는 마찬가지로 어린아이였어요. 하지만 그때 제 눈에는 그 누나가 어쩌면 그렇게도 어른스럽게 보였는지 모르겠습니다. 그분도 동생의 죽음을 받아들이고 슬픔을 이겨내기가 어려웠을 텐데 아주 의연했던 그 모습이 아직도 제 눈에 선합니다.

50년도 넘은 일입니다. 제 인생에서 맞은 첫번째 슬픈 이별이었죠. 길지 않은 만남이었는데 그 친구의 이름을 아직도 기억하고 있는 걸 보면 참 소중한 우정이었다고 생각하게 됩니다.

승자에게 보내는 입가의 경련

쇼팽 | 왈츠 10번 B단조 Op.69 No.2
마리아 주앙 피르스(피아노)

대학에 입학한 뒤 가장 재미있고 흥미로웠던 일은 무엇이었을까요? 책을 마음껏 볼 수 있다는 것? 아니지요. 예전에 우리에게는 뭐니 뭐니 해도 당구장이나 다방에 마음놓고 출입할 수 있다는 것이었습니다. 남학생들은 입학과 동시에 길든 짧든 한 번씩은 당구에 빠지죠. 당구를 여러 시간 치고 집에 들어와 누우면 천장이 당구대처럼 보여서 밤새 천장에 대고 쿠션을 돌렸던 기억들이 있을 거예요. 그리고 또 한 군데, 들어가보면 별거없는데 청소년들 출입을 금지하니까 정말 궁금했던 곳, 바로 다방입니다. 문을 밀고 들어가 자리잡고 앉으면 한복을 잘 차려입은 마담이나 레지 아가씨가 와서 주문을 받는데 그런 과정에서 어른 대접을 받는 것 같기도 했죠. 예전에는 가요나 영화, 소설 같은 데서 다방과 마담은 아주 흔하고 일상적인 소재였어요. 거의 필수로 등장했죠. 다방은 젊은 남녀가 맞선을 보기도 하고 짓궂은 아저씨들이 수작을 부리는 곳이기도 했어요. 느낌이 '컴컴한' 몇몇이 수군대며 음모를 꾸미기도 했고 할일이 없는지 하루종일 신문을 읽는 사람도 꽤 많았고요. 한눈에도 좀 불량해 보이는 사람들은 모사를 꾸밀 때 자꾸 주변을 두리번거리는 특징이 있었죠. 헤어지는지 두 남녀가 눈물을 훔치는 광경을 본 기억도 나고요. 삶의 희로애락이 다방에 다 있었지요.

우리의 아지트였던 다방은 두 군데였어요. 어릴 적 친구들과의 아지트는 명동에 있던 '썬다운' 다방이었고, 대학 친구들과의 아지트는 대한극장 육교 건너편 건물 지하에 있던 '라이프' 다방이었죠. 지금은 그 육교가 없어졌더라고요. 학교 수업이 끝나면 우선 거기에 집합을 하는데 먼저 와서 기다리던 한두 명만 차를 마시고 다른 친구들이 도착을 하면 찻값도 아껴야 하니 그대로 일어나서 다음 장소로 이동을 하죠. 진양상가 옆을 끼고 김치찌개 집들을 지나서 한 100미터쯤 을지로 방향으로 내려가면 규모가 제법 큰 당구장이 있었습니다.

어느 날 친구 여섯 명이 당구를 치게 됐는데 그때나 지금이
나 당구에는 약간의 내기가 걸리죠. 우리는 그저 게임비 내기
정도를 했는데 당구수라고 해봐야 초보 단계를 벗어난 80부
터 100, 120, 150 정도였으니 마지막 한 사람이 남기까지는 엄
청난 시간이 걸렸죠. 그런데 시간이 지나다보면 우리의 당구
는 더이상 오락이 아니었고 우정을 나누는 스포츠는 더더욱 아
니었어요. 사활을 건 피 말리는 전쟁터를 방불케 했는데 이유
는 주머니에 게임비를 낼 돈이 있는 친구가 아무도 없었기 때
문이에요. 만약 게임에서 지면 큰일나는 거죠. 그날 어쩌다 여
덟, 아홉 시간 당구를 치다보니까 여섯 명이 한 번씩은 다 꼴찌
를 한 거예요. 그때 잔인하게도 생존이 걸린 무서운 제안이 나
왔죠. 말하자면 '러시안룰렛'같이 누가 될지 모르지만 한 사람
이 모든 걸 안고 죽자는 것이었어요. 어차피 주머니에 돈 있는
사람은 아무도 없으니까 설마 내가 걸릴까 하는 심정으로 모두
그 제안을 받아들였고 나는 여유만만이었어요. 재수하면서 당
구를 치기 시작했기 때문에 그날 '선수'들 중에선 내가 150으
로 최고점자였거든요. 드디어 피 튀기는 일곱번째 게임에 들어
갔죠. 남자분들이라면 이런 상황이 남의 일 같지 않지요? 경험
해보셨죠? 다리가 후들거리는 친구, 실수할까봐 당구대에 가슴
이 닿을 만큼 바짝 엎드려서 치는 친구, 당구대를 따라 도는 당

구알을 보며 몸을 비트는 친구…… 모두 얼마나 초조한지 연신 줄담배를 태우죠. 일곱 게임 비용과 짜장면 여섯 그릇, 군만두 두 개. 꼭 군만두 추가하는 녀석들이 있었어요. 거기다 담배도 대여섯 갑. 이미 밤 열한 시가 넘어가고 있었으니 게임비는 당시 학생 한 명이 감당할 액수가 아니었습니다. 아마 지금으로 치면 몇만 원? 우리 등록금이 30만 원일 때니까 어마어마한 돈이었죠.

한 사람 한 사람 마지막 스리쿠션을 성공시키면서 환호성과 함께 손을 씻으러 가지만 누구도 나를 그날의 호구로 생각하지는 않았죠. 나는 최고수 150이었으니까요. 그런데 당구도 각본 없는 드라마인 줄 예전에는 미처 몰랐어요. 마지막 남은 두 명 중 한 명이 내가 될 줄은. 어차피 스리쿠션에서 만나는 게 게임의 결말이었죠. 나는 쿠션만 남겨놓고 약간 여유를 부리고 있는데 당구수 80이었던 친구가 서너 개 남은 알을 한 번에 빼고는 쿠션까지 이어서 끝내버린, 당구 역사에 전례 없는 이변이 벌어진 거예요. 당구 치는 분들은 알죠. 그런 일은 일어날 수 없다는걸. 흥미진진한 일이 벌어지자 당구장의 모든 사람들이 우리 주변에 모여서 훈수를 둡니다. 쿠션을 어떻게 쳐라, 이리 돌려라 저리 돌려라 난리가 났고, 훈수대로 친 그 친구의 쿠션이 성공하는 순간 나는 망연자실…… 한참 하수인 80에게 물리고 나니 우선 창피하고 그리고 이어진 게임비 걱정에 정신이 반은 나갔죠. 또 잠시 후 시작될 '통행금지'도 걱정이 되고…… 삼중고에 빠진 순간이었습니다.

승자에게 보내야 할 축하의 웃음이요? 뭐, 미소라도 지어 보려고 노력했지만 입가에 경련이 나는 바람에 웃어지지가 않았죠. 저쪽에서는 걱정스럽게 바라보는 당구장 주인아저씨의 얼굴이 클로즈업되면서 난감해졌죠. 그 당구장에 있던 사람들 모두 우리가 돈이 없다는 걸 다 아는 상황이었으니까요. 휴…… 그다음 이야기는 다음주에 합시다. 우선 숨 좀 돌리며 쉬고 싶네요.

망치로 얼굴
세 번 두들기고 와!

리하르트 슈트라우스 | 〈4개의 마지막 노래〉 중 3곡 '잠들기 전에'
안나 네트렙코(소프라노), 다니엘 바렌보임(지휘), 드레스덴 슈타츠카펠레

자, 지난주 플레이 리스트를 들은 분들이 제가 당구비를 어떻게 갚았는지 많이 궁금해하시는데요, 학교 앞 단골 중국집 사장님께 달려가 빌려서 냈고 그 돈은 물론 갚았습니다. 학생이 한 번에 갚기에는 큰돈이어서 '완납'하는 데는 꽤 오랜 시간이 걸렸죠. 그 중국집 사장님은 대학 졸업 후에도 나를 큰따님 결혼식에 초대할 만큼 아주 친하게 지냈습니다. 아무리 단골이라 해도 학교 앞 중국집 사장님이 집안 혼사에 학생을 초대하는 일은 흔치 않죠. 그만큼 저하고는 가까웠던 분입니다.

그러고 보니 저는 대한극장, 진양상가에서의 추억이 상당히 많더군요. 〈아름다운 당신에게〉 애청자분들도 그곳에서의 추억이 꽤 많을 거예요. 행복예식장도 거기 있었죠. 강남이 본격적으로 개발되기 전이었으니 그곳이 서울의 중심 중 하나였죠. 1960년대 말에 진양상가가 생겼다고 하는데 그러고 보니 그곳은 우리나라 최초의 현대적인 주상복합 건물이었어요. 제 친구들 중에 좀 사는 친구 몇 명이 거기 살고 있었죠.

그곳은 제가 살면서 여러 경험들을 처음으로 하고 새로운 세상을 보게 해준 중요한 장소였습니다. 저층에는 상가, 위쪽에는 사무실과 아파트가 혼재되어 있던 곳이죠. 대학 때 처음 '해태 껌 한마음' CF를 찍었는데 잘나가던 그 프로덕션도 그곳에 사무실이 있었고요. 1970년인가요? 에스컬레이터라는 걸 처음 봤는데 너무 신기해서 그걸 타보려고 학교에서 오자마자 그리 달려갔던 일도 있었죠. 괜히 오르락내리락했던 기억이 나는데 그때는 예쁜 양장을 한 안내양이 있었던 것 같기도 해요.

또하나, 그때 전자오락실이라는 곳을 처음 봤어요. 그곳에 설치된 오락기는 지금 보면 아주 낮은 수준이었죠. 오락실 입구 왼쪽에는 주크박스라는 신기한 물건도 있었습니다. 물론 그 이름은 나중에 알게 되었죠. 동전을 넣고 버튼 몇 개를 누르면 기계가 안에 가득차 있던 싱글 커트 된 작은 LP(아마 SP였겠지요)

를 찾아서 음악을 재생하는 거죠. 그때 중고등학교 형들은 비틀스의 〈Yesterday〉와 〈Hey Jude〉를 굉장히 많이 들었어요. 비틀스 음악을 처음 듣게 된 곳도 그곳이고, 주크박스라는 걸 처음 본 곳도 그곳이었죠.

그리고 오락실 바로 앞에 '그릴'이라는 경양식집이 있었는데 거기서 돈가스라는 걸 처음 봤습니다. 주문을 하면 종업원이 '빵으로 하실래요, 밥으로 하실래요?'라고 물어요. 그러면 고소하고 아주 부드러운 크림수프가 먼저 나왔죠. 포크와 나이프 쓰는 법을 놓고 누군가와 다투기도 하고, 모닝 빵이나 소프트 롤에 버터나 딸기잼을 쑤셔넣고 덥석 베어먹던 기억이 납니다. 그후 세월이 많이 흘러 대학생이 돼서 그곳에 갔을 때는 칸막이도 설치되고 맥주도 파는 경양식집으로 변해 있었어요. 젊은 남녀가 부둥켜안고 있기도 했고 여학생들이 담배를 피우기도 했죠. 이름이 '세피아'였던 것 같아요. 세피아를 떠올리면 가장 기억에 남는 것은 역시 '멕시칸 사라다'. 정말 고소하고 맛있었죠. 샐러드보다 사라다라는 발음이 익숙하던 시절이었죠. 진양상가는 저에게 여러 가지 신문물을 경험하게 해준 아주 중요한 추억의 장소입니다.

어느 날 그 경양식집에 대학교 은사이신 유현목 감독님을 모시고 갔는데 교수님은 거의 맥주만 드셨어요. 약주가 좀 되시면

흰 머리카락을 손가락으로 빗질하듯이 뒤로 넘기곤 하셨죠. 그곳에서 제 평생 기억에 남을 한마디를 저에게 하셨습니다. "너는 말이야, 망치로 얼굴을 세 번 두들기고 와." 물론 머리를 쓸어 넘기시면서요. 그때는 그 말씀이 무슨 뜻인지 몰랐는데 시간이 많이 흐르고 난 뒤에 알게 됐죠. 배우의 얼굴은 마냥 미끈하기보다는 뭔가 굴곡이나 스토리가 있는 것처럼 보여야 한다는 말씀이었던 것 같습니다. 물론 제자에 대한 애정에서 하신 말씀이었고요. 그후로 저도 제 얼굴이 드라마틱했으면, 굴곡이 많아 보였으면 하는 바람을 갖게 됐지요.

이제는
아버지의 소음도 그립다

도니체티 | 오페라 〈람메르무어의 루치아〉 중 '끝없는 환희를 그대에게'
레너드 델 페로(테너), 툴리오 세라핀(지휘), 필하모니아 오케스트라&합창단

얼마 전에 텔레비전 때문에 아버지와 다툰 사연을 보내주신 분이 계셨어요. 한가해진 어르신들이 새벽에 일찍 일어나면 좀 무료하기도 해서 텔레비전을 켜게 되는데 그러면 그 소리나 빛 때문에 나머지 가족들은 수면에 방해를 받겠죠. 조금이라도 더 자야 학교에서든 직장에서든 하루를 잘 보낼 수 있는데 수면 부족으로 너무 힘들다는 사연이었어요.

　제 아버님은 황해도 출신으로 주변에서 양반이라고 부르던 분이었습니다. 벼슬이 있어서가 아니라 점잖고 주변 사람들을

잘 챙기셔서 그랬어요. 동네 아우들이 이런저런 사연을 가지고 집으로 의논을 하러 많이 왔죠. 이른바 카운슬러 역할을 하셨는데 그런 손님이 집에 오시면 과일과 차는 물론, 이야기가 길어져 저녁 시간이 되면 식사도 차려내는 일이 잦아서 어머니가 많이 힘들어하셨죠. 아버지는 주변 사람들에게는 한없이 좋은 사람이었지만 어머니나 가족에 대한 배려는 다소 부족했어요. 어린 제 눈에는 손님 중에 의논이 아니라 저녁 한 끼가 목적인 분도 꽤 보였습니다. 그중에 가난한 젊은 전도사 한 분은 꼭 늦은 오후에 오셔서 이런저런 대화를 나누기도 하고 아버지 말동무도 해드렸는데, 그분이 눈치를 봐가면서 빈말로 가야겠다고 하면 아버지는 얼굴을 붉혀가며 그러는 거 아니라며 억지로 붙잡아 앉혀서 저녁을 드시고 가게 했습니다. 제 어머니 김권사님은 전도사님 대접도 잘해야 하긴 하지만 너무 자주 찾아오는 그분이 부담스럽기도 하고 솔직히 가계가 넉넉하지 않았으니 매번 손님상을 차리기가 힘드셨겠죠. 어찌어찌 저녁상을 차려내고는 "찬이 없어도 많이 드세요" 하면서 힘든 내색 없이 온화한 얼굴로 말씀하시던 어머님의 모습은 아직도 존경스럽습니다.

어쨌든 아버지는 참 좋은 분이었어요. 단 하나. 우리를 힘들게 한 것은 라디오였습니다. 그때는 자식들도 학교와 직장을 가야 하는 나이였고, 매일 새벽기도를 가시는 어머니는 초저녁에

숙면이 꼭 필요했는데 하루종일, 그리고 밤새 라디오를 틀어놓으시는 아버지 때문에 식구들이 모두 힘들었죠. 참다못해 누군가 새벽에 주무시는 걸 확인하고 라디오를 끄면 갑자기 깨어서 듣는데 왜 끄느냐고 역정을 내시던 아버지의 모습. 그때는 참 야속했지요. 그게 우리집 최고의 스트레스였는데 지금이야 뭐 옛날 얘기죠. 이제는 밉거나 서운한 마음은 전혀 없습니다. 그런데 그 일이 이제 와서 저에게 많은 생각을 하게 합니다. '아버지는 왜 밤새 라디오를 켜놔야 했을까.'

얼마 전부터 저는 실향민이었던 아버지를 이해할 수 있게 됐습니다. 아버지는 우리가 일반적으로 듣는 라디오 프로그램이 아니라 북한 소식을 들을 수 있는 방송에 주파수를 맞추고 계셨던 거죠. 그래서 지지직거리는 소음이 심했습니다. 혹시라도 북한 관련 방송에서 아는 사람의 소식을 들을 수 있을까, 북에 두고 온 가족의 이름이나 고향 소식을 들을 수 있을까 하셨던 거예요. 1982년인가 이산가족 찾기 할 때 하루종일 벌게진 눈으로 텔레비전 앞에 앉아 계시던 아버지의 모습에서 북한에 두고 온 가족에 대한 간절한 그리움을 알 수 있었습니다.

당시에는 라디오 소음이 참 괴로웠는데 지금은 오히려 아버지의 마음을 위로해드리지 못한 게 참 아쉽군요. 방법을 찾아드렸으면 좋았을걸 하는 생각도 들고요. 물론 그때도 이어폰을 권

하긴 했는데 그건 또 답답하다고 사용을 안 하셨죠. 이제는 다 아쉽고 이해해드리지 못해 죄송한 마음입니다. 이런 저희를 용서해주시길 바랄 뿐이죠.

나도
말 좀 하자!

요한 슈트라우스 2세 | 트리치 트라치 폴카 Op.214
유진 오먼디(지휘), 필라델피아 오케스트라

'세상에는 정말 스승이 많다'고 생각하는 분들이 계시죠. 누구에게든 배우겠다고 하고, 마음이 열려 있는 분은 어린아이에게도 배울 게 있다고 생각하죠. 뿐만 아니라 길거리에서 스치는 모르는 사람에게도 배울 것이 있으며 세상 모든 사람이 스승이라고 생각하시죠. 사람뿐만 아니라 자연현상에서도 배우고 깨닫는다고요. 그 바탕은 역시 겸손한 마음이 아닐까 하는 생각을 최근에 하게 된 것은 그 반대의 경우를 많이 보았기 때문입니다. 세상에서 자기가 스승이라는 생각으로 습관적으로 주변 사람들을 가르치려는 사람도 꽤 많죠. 그런 사람들의 얘기가 재미있을 때도 있지만 매번 그런 모습을 보게 되면 조금 불편해집니다. 우리가 먼저 누군가를 스승이라고 생각할 때 비로소 그는 진정한 스승이 되는 것 아닌가요? 여러분들은 어느 쪽이신지요?

제 지인 가운데는 이런 사람이 있어요. 몇몇이 오랜만에 만나서 그간 살아온 얘기 좀 나누고 싶어 모임을 하려 할 때 '이번에는 그 사람 좀 뺄까?'하고 잠시 고민하게 되는 사람이죠. 모임자리에서 나오는 모든 화제에 어쩌면 그렇게 한 분야도 빠짐없이 박식한지 혼자서만 말을 하는데, 참 대단하다는 생각이 들기도 하지만 그것은 잠시뿐, 얼마 지나지 않아 '혼자 뭐하는 거야, 좀 심하네' 하는 마음이 듭니다. 예를 들면 같이 자리한 이들 가운데 법을 전공한 사람이 있는데도 법에 대해 설명하고 변론하고 마침내 형량까지 정하면서 혼자 마무리를 짓죠. 옆에 회계사가 있는데도 세금 문제라든가 절세 방법 같은 걸 장황하게 설명해서 동석한 회계사가 어색한 미소를 짓게 만들기도 하고요. IT 분야가 화제로 나오면 자신의 전문 분야가 아닌데도 앞으로 그 분야가 나아가야 할 길, 추진해야 할 여러 방향을 제시하죠. 저 친구 얘기가 맞긴 맞는 건가 고개를 갸우뚱하기도 하는데, 하여튼 자기가 아는 것 이상을 얘기하는 것도 실력이네, 하고 감탄하기도 합니다.

그런 모습을 보면서 나는 어떤 사람인가 돌아보게 됩니다. '나는 얼마나 많이 말을 하고 있나' 하고요. 물론 방송에서 일 때문에 하는 말은 제외하고요. 사석에서 내가 얼마나 말하고 있는지 스스로 자주 점검하는 편입니다. 그리고 저희는 모임에 참석한 사람들이 골고루 얘기할 수 있도록, 소외되는 사람이 없도록 세심하게 신경을 쓰는 편이죠. 사석에서도 'MC 본능'이 작용한다고나 할까요?

어떤 한 사람의 이야기가 속된 말로 '먹힌다'고 생각되는 자리가 있죠. 모두가 그 얘기를 경청하는 것으로 착각할 수도 있는데, 그럴 때를 조심해야 할 것 같습니다. 어쩌면 그것도 '갑질'이에요. 할 수 없이 들어야 하는 사람들 앞에서 이성을 잃은 듯 자아도취가 돼서 혼자만 떠드는 사람이 우리 사회에 생각보다 많습니다. 그건 대화가 아니죠. 특히 어느 정도 높은 자리에 있는 분들은 본인의 '말의 양'과 '말의 질'을 늘 점검해야 하지 않을까 싶어요. 앞에서 자신의 말을 듣는 사람들의 표정과 감정을 읽는 능력도 필요합니다. 내 말에 전부 빠져드는구나 하고 착각하지 말아야 한다는 얘기입니다.

생방송
첫 펑크 내던 날

슈만 | 피아노 4중주 E플랫장조 Op.47 중 1악장 '소스테누토 아사이-알레그로 마 논 트로포'
마르타 아르헤리치(피아노), 르노 카퓌송(바이올린), 리다 첸(비올라), 고티에 카퓌송(첼로)

얼마 전에 곰곰이 계산을 해봤더니 라디오 스튜디오에서 보낸 세월이 20년 가까이 되더군요. 결코 짧지 않은 그 시간을 어떻게 지나왔는지 지난 세월에 고마운 마음이 들었습니다. 그 오랜 세월 스튜디오를 지키면서 결석은 물론이고 지각 한 번 없었던 사실은 저의 건강과 책임감을 대변하는 것 같아서 마음이 무겁기도 했고요. 저의 건강 관리를 잘해주고 언제나 좋은 감정으로 방송에 임할 수 있도록 배려해준 아내에게 고맙다는 생각도 들었습니다.

그런데 지난 화요일 라디오 진행 역사상 처음으로 생방송 스튜디오를 지키지 못한 일이 일어났어요. 많은 분들을 놀라게 해 드렸는데 생방송중에 사정을 상세히 얘기하기는 어려워서 플레이 리스트 시간에 말씀을 드리겠다고 했지요. 자초지종은 이렇습니다. 방송을 펑크 내기 전날, 그러니까 월요일 저녁에 헬스클럽에 운동을 하러 가서 50분 정도 걷고 웨이트를 하려고 하는데 아들에게서 문자가 왔어요. 아들이 최근에 회사를 차리고 사업을 시작했는데 정부 어느 기관에 아들의 아이템이 선택이 돼서 적지 않은 지원금을 받게 되었다는 것이었죠. 프레젠테이션 후에 기대하던 일인데 일이 잘됐다는 연락이 왔으니 얼마나 기뻤겠습니까? 그런데 식사는 집에서 하겠다고 한 거예요.

같이 운동하던 아내는 당연히 급해지죠. 저도 덩달아 서둘러야 하고, 그래서 평소보다 기구의 중량을 올리고 빠른 속도로 조금 급하게 운동을 했습니다. 그리고 샤워를 하려고 양말을 벗으려는데 허리를 숙이는 순간 왼쪽 허리 쪽에 날카로운 통증이 오더니 허리가 구부러지지도 않고 다시 펴지지도 않는 상태가 됐죠. 겨우 헬스클럽에서 나오니 저녁 일곱시가 다 되었고 어디로 가야 치료를 할 수 있나, 참 막막했죠. 그래서 진료 시간이 끝난 동네 한의원 문을 열고 쳐들어갔습니다. 한의사가 맥을 짚어보더니 근육이 놀라서 그렇다고 하더군요. 침도 맞고 부항도 뜬 다음 집에 왔는데 생각처럼 나아지지 않는 것 같아요. 허리를 움직일 수가 없어지고 마음이 약간 불안해지기 시작해요. 그래서 더는 안 되겠다 싶어서 밤 열한시쯤 집 근처의 큰 대학병원 응급센터로 아들과 아내의 부축을 받아 갔습니다. CT를 찍고 결국 근육이완제 링거를 맞고 소염제를 먹으면 된다고 해서 응급처치를 받고 돌아왔죠. 집에 오는 길에 운전하는 아들에게 "너도 빨리 결혼해라. 이럴 때 가족이 없었으면 어떻게 했겠냐?"며 기회를 놓치지 않고 깨알 같은 농담을 한마디했더니 아들 녀석은 씩 웃기만 하더라고요.

집에 와서 무사히 잠자리에 들었습니다. 아침에 일찍 일어나 식사를 하려고 식탁에 앉으려는데 갑자기 어지럼증과 구토 증세가 나타나면서 국 한술을 못 뜨겠더라고요. '아, 이게 뭐지?' 식은땀이 나기 시작하는데 온몸에 줄줄 흘러서 금세 옷이 다 젖을 정도였어요. 갑자기 목소리도 안 나왔고요. '어허, 야단났네.' 라디오 생방송도 해야 하고 오늘은 드라마 녹화까지 있는데 걱정이 이만저만이 아니었습니다. 〈아름다운 당신에게〉 지웅 PD에게 전화를 해서 지금 몸 상태가 심각하다, 방송국까지 가기도 어렵고 간다 해도 목소리가 나오지 않으니까 빨리 다른 사람으로 조치 좀 취해달라 부탁을 했습니다. 그리고 고민을 하다가 좀 이른 시간이었지만 너무 고통스럽고 체면 따질 때가 아니어서 평소 존경하던 선한목자병원 이창우 원장님께 전화를 했더니 빨리 출발하라고, 당신도 바로 갈 테니 병원에서 만나자고 하셨죠. 엉금엉금 기다시피 역삼역 근처 병원에 도착했고 한 30분 가까이 MRI 촬영을 했는데 결론은 디스크가 빠져나온 것이었습니다. 꼬리뼈 쪽으로 아주 깊숙이 주사를 맞고 나니까 고통이 진정되었고, 어느새 드라마 녹화하러 갈 시간이 되었죠.

〈아름다운 당신에게〉 생방송에 제가 나오지 않은 걸 알고는 드라마 제작진이 전화를 했더라고요. 무슨 일이냐고. 이번 드라마의 식구들 가운데는 〈아름다운 당신에게〉 애청자가 많거든요. 거의 매일 듣는다는 성준해 연출가가 방송에 안 나온 걸 보고 얼른 상황을 알아보라고 했다더군요. 그날 드라마 녹화는 다행히 한 신 말고는 다 앉아서 찍는 것이어서 무사히 마칠 수 있었습니다. 그날은 고통 속에 하루가 얼마나 길었던지요. 이것이 그날의 전모입니다.

어머니의
기도

드보르자크 | 가곡집 〈집시의 노래〉 중 4곡 '어머니가 가르쳐주신 노래'
아르튀르 그뤼미오(바이올린)

언제부턴가 저 혼자 중얼거리듯 입에 붙어서 하는 말이 있어요. 저뿐만 아니라 많은 분들이 그렇겠지만 '피곤하다'는 말이죠. '아우, 피곤해, 피곤해.' 현대를 살아가는 많은 사람들의 입에 붙은 말이죠. 우리는 '죽겠다'는 말도 많이 하죠. '피곤해 죽겠어.' '졸려 죽겠어.' 배가 불러도 죽겠고, 배가 고파도 죽겠고, 죽겠다는 말을 참 많이 하고 있지요. 심지어는 '좋아 죽겠어'라고도 해요. 그런데 사실 피곤하기는 합니다. 라디오 진행에 드라마, 콘서트, 가곡 작곡까지 하니 사실 꽤 많은 에너지가 필요하더군요. 사람을 만나는 일도 피곤함에 크게 한몫하고요.

최근에 허리를 다친 것도 그날 갑자기 중량을 늘려서 운동을 한 게 이유이긴 하지만 그간 몸에 쌓인 피로도 원인이 아니었나 싶어요. 빠른 회복을 위해 아무것도 안 하고 집에 누워서 쉬게 된 것은 참 고마운 일인데, 평소 저의 습관 중 하나인 꼬리에 꼬리를 물며 끊임없이 생각하기, 그게 멈췄습니다. 곧 해야 할 일에 대한 계획, 콘서트 현장에서 해야 할 역할에 대한 시뮬레이션, 그 외에도 끊어지지 않고 이어지던 여러 가지 생각의 고리가 사라졌어요. 처음 느껴보는 기분좋은 상태인데, 평소에 바라던 그런 상태를 이번에 맞이하게 되었죠. 사실 요즘 제 건강 상태는 일을 조금 더 하면 피로 누적으로 염려가 될 정도였습니다. 저의 허리를 무너뜨리는 '극약 처방'을 써서라도 저를 자리에 누워버리게 해주신 주님께 오히려 감사한 마음이 생겼습니다. 며칠 잘 쉬었더니 고맙게도 곧 회복이 될 것 같은 그런 느낌이에요. 물론 아주 자유롭게 움직이려면 시간이 좀 걸리겠죠. 가만히 있으면 통증은 없으니까 디스크 환자이긴 하지만 '나이롱 환자'에 속하는 것 같습니다.

주말이 되면서 주일날 교회 갈 일이 조금 염려가 됐어요. 염려가 되는 상황을 스스로 만드는 거죠. 제가 다니는 교회는 주차를 하고도 한참을 걸어가야 합니다. 걷기도 부담스럽고 또 계단이 많은데 그것 때문에 허리 상태가 악화되지는 않을까 싶고, 딱딱한 의자에 짧지 않은 시간 앉아 있어야 하는 것도 조금 부담스러워서 이번주는 예배에 빠지려고 마음을 먹은 순간, 왜 그때 어머니 생각이 나는 거죠? 어머니는 이런 상황에서 어떻게 하셨을까 생각해보기도 전에 어머니의 메시지가 저에게 떠올랐습니다. 어머니는 어떻게든 집에서 좀 쉬어야겠다는 생각은 꿈에도 안 하시던 분이었습니다. 분명히 조용히 무릎을 꿇고 앉아서 이렇게 기도하셨을 것 같아요. '주일에 교회 가서 예배드릴 수 있도록 낫게 해주세요.' 그러니까 저의 기도하고는 좀 다르죠. 저는 '계속 이어지는 스케줄 아시잖아요. 일에 지장 생기지 않도록 어서 좀 낫게 해주세요'라고 기도했는데, 어머니와 제 기도의 차원이 다르다는 것을 깨달았습니다. 그래서 주일날 어떻게 했냐고요? 교회에 다녀왔지요.

언젠가는
루체른에 정착할 겁니다

베토벤 | 피아노 소나타 14번 C샤프단조 '월광' 1악장
다니엘 바렌보임(피아노)

올여름 휴가는 아무래도 드라마 촬영중이니 물건너갔습니다. 우리 애청자분들은 가능하면 많이들 다녀오시기 바랍니다. 저는 드라마가 끝나는 10월 중순에나 잠깐 다녀올 수 있지 않을까 싶은데 아직 구체적인 계획은 없고요, 막연히 생각만 하고 있습니다. 바쁘게 일하는 중에 이런저런 형태의 휴가를 구상하고 상상하는 것도 즐거움 중 하나죠. 요즘 저는 밤에 잠자리에 드는 시간이 즐겁습니다. 잠들기 직전 잠깐씩 공상을 즐기는 편인데 대부분 아주 즐겁고 행복한 상상이죠. 어쩌면 망상이라고 할 수도 있겠지만 허황된 꿈을 좇거나 그것 때문에 삶이 바뀌는 건 아니니 망상은 아닌 것 같아요.

며칠 전에 꿈을 하나 꿨습니다. 꿈이었는지 새벽 잠결의 상상이었는지는 좀 모호하긴 한데 하여튼 기분좋은 것이었음은 틀림이 없어요. 어느 바다였는데 멋진 보트를 타고 가다가 어느 지점에서 배가 멈췄고 바다 속에서 어떤 상자를 건지게 됐어요. 열어보니까 아주 오래된 옛날 돈 같은 게 잔뜩 들어 있었어요. 그 상자는 오랜 시간 물속에 있었던 것으로 보였어요. 녹이 슬고 불순물도 조금 보였죠. 그후에 잠수를 해서 상자 두 개를 더 건졌죠. 그러니까 상자가 모두 세 개였죠. 흥분이 되면서 서울로 그걸 이송해 오는데 누군가 따라오는 것 같았어요. 비밀 작전을 수행하는 것처럼, 마치 007 작전처럼 고속도로에서 따라오던 차들을 따돌리고 서울에 들어와서도 CCTV를 피하기 위해 정말 애를 많이 썼습니다. 서울에는 무슨 CCTV가 그렇게 많아요? 어느 빌딩 지하에서 그 상자를 다른 차로 옮겨 싣고 그 차는 래커로 폐차했어요. 용의주도하게 처리하느라 참 힘이 들었습니다. 스토리가 슬슬 개꿈 분위기로 가죠? 그후에 일본의 전문가를 만나게 되는데, 그 사람이 물건을 보더니 '이건 진짜 금화다. 한 개당 1억 원씩 쳐주겠다'면서 양도성 예금증서라는 거 아시죠? 일명 CD를 주더라고요. (참고로 저는 CD라는 것을 본 적이 없습니다.) 그래서 상자 안의 물건을 세어보니까 금화가 1000개, 한 상자만 해도 1000억이었죠. 나머지 두 상자는 열어볼 시간도 없었습니다. 지금 라디오 켠 분들은 깜짝 놀라시겠습니다. 아니 강석우가 1000억? 얼마 전에 꾸었던 꿈 얘기를 하고 있는 거예요. 어찌어찌해서 일본을 통해 환전을 했고 그 돈을 가지고 유럽으로 갑니다. 실제는 큰 범죄이지만 꿈이니까 세무 당국에서는 이해해주시기 바랍니다. 유럽 여러 곳을 돌고 돌다가 결국 정착한 곳이 스위스의 루체른인데 그곳은 몇 년 전에 여행했던 적이 있죠. 아름다운 호수, 호숫가의 멋진 콘서트 홀, 그리고 유명한 카펠교가 있는 루체른에 정착하는 것으로 엄청난 꿈이 마무리됐습니다.

다음날 아침식사 때 아내에게 얘기를 했죠. 너무 좋은 꿈이라고, 횡재라고 아주 좋아하더군요. 제가 물었죠. 루체른과 한국을 오가면서 사는 거 어떻겠냐고요. 그랬더니 방긋이 웃으면서 "좋지" 그러더군요. 요즘 제가 잠들기 전 시간이 기다려지는 이유가 바로 그겁니다. 저는 요즘 밤마다 루체른으로 갑니다. 그곳에서 행복하게 사는 상상의 나래를 펴는 시간이죠. 해마다 열리는 루체른 페스티벌을 즐기는 것은 물론이고요. 그곳을 중심으로 스위스, 오스트리아, 이탈리아까지 좋은 음악회를 찾아다니고, 몽트뢰를 거쳐 최근 우리나라의 고진영 선수가 우승한 레

루체른에 갔을 때 찍었던 사진.

만호 주변 에비앙 골프클럽에 운동도 하러 가고, 하여간 상상 속에서지만 밤마다 사람 사는 것처럼 삽니다.

  그날의 꿈이 정말 꿈이었는지 선잠이 든 채 상상을 한 것인지 모호하긴 합니다. 지금의 제 나이쯤에 루체른에서 잠시 머물며 불멸의 곡을 쓰기도 한 라흐마니노프가 참 부럽다는 생각을 한 적도 있고, 최근에 중계된 에비앙 골프 시합을 보면서 에비앙에 가고 싶다는 생각을 하기도 했고, 이런 생각들이 좀 섞인 이야기이긴 하죠. 어쨌든 저는 그 돈으로 루체른의 카펠교 근교에 조그만 호텔을 하나 샀고, 친한 사람들을 스위스로 초대해서 골프도 치고 같이 여행도 다니고 음악회도 가고, 루체른 호숫가와 시내를 아내와 유유자적 걸어다니기도 하는 등 밤마다 즐거운 상상을 하면서 잠에 빠져듭니다. 휴가 갈 시간이 날 때까지 올여름은 이렇게 보낼 것 같습니다.

낮에 술 취한 거
해명해야 하나?

모차르트 | 피아노 소나타 12번 K.332 F장조 중 2악장 '아다지오'
조성진(피아노)

학생들 방학인데 잘들 지내고 있는지요. 휴식을 하는 학생들도 있겠고, 여름휴가를 떠난 친구들도 있겠죠. 다 접고 공부를 하는 학생들도 꽤 많은 것 같습니다. 방학 때는 잘 놀아야 하는데 말이죠.

저는 고등학교 입학시험을 치던 세대인데요, 중학교 3학년이면 사춘기인데도 불구하고 고등학교 입시 때문에 일탈 행동 같은 건 용납이 안 되었어요. 사실 우리는 그때 사춘기 같은 게 있는지도 몰랐죠. 몸이나 마음에 뭔가 좀 이상한 게 느껴지긴 했지만요. 요즘 시각에서 보면 참 측은한 세대이기도 하죠. 그런데 정작 우리는 스스로를 불쌍하다고 여길 겨를도 없었어요. 지금 학생들의 대학 입시만큼 그때는 고등학교 입시도 중요했으니까 찍소리도 없이 공부했죠.

우리 학창 시절에는 어떤 때는 과외를 허용하기도 했고 어떤 때는 금지하기도 했어요. 제가 중학교 3학년 때는 과외가 허용됐었나보죠. 없는 형편에 서울공대 3학년이었던 분에게 수학과 영어 과외를 받았어요. 그분의 남동생과 동네 친구 셋, 그렇게 네 명이 함께 공부했죠. 과외 공부를 하러 한 친구 집에 가면 그 친구 어머니께서 수업 중간에 코코아를 타주셨는데 아! 정말 맛있었습니다. 지금도 잊을 수가 없는 맛이에요. 그 달달한 코코아를 기다렸던 기억이 생생합니다.

개념은 몰랐지만 저는 사춘기를 좀 겪은 것 같아요. 다소 불량한 동네 친구들과 어울려 다니기도 했는데 그게 반항심에서 비롯된 행동이 아니었나 생각해봅니다. 어느 날 고등학교를 마치기도 전에 해병대에 입대하는 동네 형의 송별회가 친구네 조그만 다락방에서 열렸는데, 거기 어울려서 어영부영 앉아 있다가 한 잔씩 돌아가는 이별주를 피할 길이 없어서 한 모금 하게 됐죠. 술이라는 것을 처음 입에 댄 저는 얼마나 얼굴이 빨개졌는지요. 지금도 소주는 못 마시는데, 처음 입에 댄 소주 때문에 속은 울렁거리고 맥박은 걷잡을 수 없이 뛰고 정말 정신을 차릴 수가 없었습니다. 슬슬 과외 공부 가야 할 시간이 되어가는데 어질어질하기도 하고 귀까지 빨개진 얼굴색은 돌아오질 않고 숨도 가쁘고…… 지금이라면 어찌어찌 이유를 대고 빠질 텐데 그때는 그런 생각을 못했어요. 어쨌든 공부를 하러 가는 게 학생의 본분이라는 생각이 강했던 모양이죠.

하여튼 조금 늦었지만 과외 공부를 하는 집에 고개를 푹 숙이고 들어갔는데 얼굴이 빨개진 저를 보던 친구들의 놀란 눈과 과외 선생님의 표정은 잊히지가 않습니다. 한심하다는 듯 쳐다보는 그 눈빛 속에 서려 있던 분노도 읽었으니까요. 거기서 공부도 제일 못하는 녀석이 대낮부터 한잔 걸치고 뻘게진 얼굴로 나타났으니 그런 불량학생이 없었겠죠. 나를 걱정하는 표정들, 약간은 경멸하는 눈빛들, 뭐 이해가 됩니다. 입장이 바뀌었다면 저도 그런 표정을 지었겠죠. 그날 아무도 저에게 말을 걸지 않았습니다. 있을 수 없는 일, 너무 황당한 일이 벌어지니까 아예 아무도 얘기를 안 하더군요. 과외 선생님은 속이 부글부글한데 꾹 참는 게 보였어요. 술냄새를 푹푹 풍기면서 고개도 들지 못하고 앉아 있으니까 저한테는 문제 풀어보라고도 안 하고 질문도 하지 않았죠. 가지 말았어야 하는데 왜 그 모양으로 거길 가서 모두를 할말 없게 만들었는지…… 누가 봐도 반항하는 불량

학생의 전형적인 모습이었을 텐데 말이에요. 사실 저는 평소에 조용했고 교회도 잘 다녔고 술, 담배는 입에 대본 적도 없고 그런 걸 하고 싶다는 생각조차 해본 적이 없는 그런 학생이었는데 그날의 나는 내가 아니라고 설명할 수 있는 입장이 아니었어요. 만약에 그중에서 공부를 제일 잘하는 학생이었다면 상황이 조금은 달라졌겠죠. 나는 절대 그런 사람이 아니라고 설명하고 나서기엔 너무나 큰일을 저질렀던 거지요.

수십 년이 지난 지금도 그날의 일이 떠오르면 얼굴이 벌게지는데, 그건 절대 내 모습이 아니었다는 생각이 여전히 마음 한구석에 남아 있습니다. 그때 그 자리에 있었던 친구들과 과외 선생님은 나중에 영화에서든 드라마에서든 저를 봤겠죠? 주변에 뭐라고 얘기했을까요? '쟤는 말이야, 참 형편없던 애야'라고 했을지, 아니면 지금 제가 살아가는 모습을 보면서 '아, 그렇다면 그날의 모습은 의외인데?'라고 했을지 참 궁금하네요. 살다 보면 꼭 해명하고 싶은 일이 있기 마련이죠. 물론 해명할 기회도 얻지 못한 채 그냥 묻어야 하는 일들도 있고요.

이 은혜 아니면
어찌 지내왔을꼬

그리그 | 2개의 애상적 멜로디 중 2번 '봄'
이오나 브라운(지휘), 노르웨이 체임버 오케스트라

애청자들 가운데 태교로 음악을 듣는다는 임신한 분들이 많아요. 갓난아이를 키우는 분들은 아기가 자는 모습도, 젖 먹는 모습도 다 예쁘고, 옹알이하는 걸 보면 '눈물이 날 정도로 행복하다'고 문자를 많이 보내주시죠. 그런데 아이가 둘이 되면 엄마들의 생각도 조금씩 달라집니다. 두 아이를 키우기는 쉽지 않죠. 게다가 두 아이가 모두 아들이라면 상황은 조금 더 달라져 더욱 힘들 거예요. 최근에 넷째 아이를 가졌다는 어느 애청자의 문자를 소개하면서 속으로 '아휴' 하는 안쓰러운 소리가 저절로 나왔습니다. 우리 때는 아이가 네다섯 이상 되는 집도 꽤 많았죠. 제 친구들을 보면 3형제, 4형제는 보통입니다. 심지어는 5형제인 친구도 있어요. 한창때 장정 다섯 명이 먹어대는 양은 어마어마했겠죠.

저도 형제가 많은 집에서 자란 편입니다. 1남 5녀에 외할머니까지 같이 살았으니 아홉 명의 대가족이었죠. 먹을 게 풍족하던 시절도 아니었는데, 특히 쌀과 김치의 소비량은 엄청났던 것 같아요. 지금 저희 가족은 네 명인데 물어봤더니 쌀 한 가마니 80킬로그램이면 1년은 먹는다고 해요. 제가 어릴 때는 쌀 한 가마니라면 한 달이면 다 먹었겠죠.

모든 집에서 맏이들이 막내를 책임지던 시절이었죠. 우리 집도 큰누님이 중학교 3학년인 저의 과외비를 책임졌죠. 당시 세브란스 병원에서 근무하던 간호사였는데 언젠가 미국 뉴욕으로 가게 됐습니다. 어린 우리는 큰누님이 왜 미국으로 가야 하는지 알지 못했지만 아마 돈을 더 벌기 위해서 갔겠죠. 그후 매달 전신환이었나, 그걸 보내오면 어머니가 우체국에 가서 바꿔왔던 것 같아요.

그때 저는 사춘기였는데 바로 그 무렵에 제 인생에서 커다란 두 가지 사건이 벌어지죠. 하나는 지난주에 말씀드린 과외 공부 시간의 음주 사건이고, 또하나는 과외비를 보내주시던 누님이 뉴욕에서 결혼 직후 병원에서 의료사고로 세상을 떠난 일이에요. 어른이 돼서 생각해보니 그때 누님의 나이가 한 서른 살쯤 됐을 것 같아요. 우리 가족에게는 처음 겪는 감당할 수 없이 커다란 슬픔이었죠. 어머니는 말할 수 없는 고통에 식음을 전폐하셨죠. 당연히 제 과외비도 끊어져 과외를 그만둘 수밖에 없었습니다. 그때는 사실 고등학교 진학을 포기할 생각까지 했을 정도였어요. 집안 분위기가 너무 슬프니까 집에 들어가기도 싫었고, 그래서 밖으로 겉돌던 시절이었죠. 그때 같이 공부하던 두 친구의 부모님께서 제 과외비를 대주시겠다고 한 거예요. 제 어머니께 공부를 같이 계속하게 해주자고 하셨죠. 그래서 그럭저럭 공부를 마치게 됐죠.

당시 미국은 정말 먼 곳이었죠. 미국에서 일어난 의료사고의 책임 소재를 밝히는 일과 위자료 문제로 저희 가족이 많이 시달렸습니다. 이루 말할 수 없이 슬프고 힘든 해였는데, 그 이후 지금까지 우리 가족에게는 아무것도 해결된 게 없어요. 시간이 벌써 많이 흘렀네요. 저는 그때 제 과외비를 내주신 친구 부모님께 감사의 인사도 제대로 못 드렸습니다. 저희 어머니는 깊이 깊이 감사의 뜻을 표하셨겠죠. 누가 누구를 돕기가 어려웠던 시절, 큰 은혜를 입었던 일입니다.

강석우 스캔들?
진짜?

슈베르트 | 피아노 소나타 20번 A장조 D.959 중 2악장 '안단티노'
라두 루푸(피아노)

방송가에서는 '드라마는 시작하면 끝난다'는 얘기를 참 많이 합니다. 첫 미팅에서 의상, 헤어, 인물 성격 등에 관한 토론을 하면서 드라마가 시작되죠. 드라마는 대본이 나오면 야외촬영을 먼저 하고 나중에 스튜디오 촬영을 하는데, 그렇게 시작한 드라마가 회를 거듭하다보면 시간에 쫓기게 되어 스튜디오 촬영을 먼저 하고 그후에 야외촬영을 하는 것으로 스케줄이 바뀌기도 하죠.

　드라마를 준비할 때는 시간이 좀 더디 가는 듯하다가도 방송이 시작되면 시간이 빨라지고 어느새 마지막 촬영을 하게 되죠. 지금 하고 있는 드라마 〈여름아 부탁해〉도 엊그제 시작한 것 같은 벌써 3분의 2가 지났어요. 80회가 넘어갔으니까 방송가 얘기로 하자면 벌써 '끝이 보이는 시점'이 왔습니다.

올여름은 작년보다는 좀 덜 더웠습니다. 견딜 만했어요. 지난번 주말연속극 〈아버지가 이상해〉를 할 때는 야외촬영 때 너무 더워서 길거리에 서 있는 것조차 힘들었거든요. 그런데 이번 드라마는 저를 좀 많이 봐주는 것 같아요. 야외촬영 신이 거의 없어요. 이번 드라마 최연장자(?)에 대한 예우인가? 어느새 제가 한 드라마에서 제일 나이 많은 사람이 됐더라고요. 농담이고요. 일반적으로 드라마 야외촬영은 오전 일곱시부터 시작하죠. 저는 매일 아침 아홉시부터 라디오방송을 하니까 오전에는 야외촬영이 어렵고, 또 이것저것 하는 게 많아서 야외 스케줄 맞추기가 어려울 거예요. 아무래도 드라마 전체 촬영 스케줄에 지장을 주니까 야외촬영에서 저를 빼는 것 같아요. 고마워해야 할지, 드라마에서 역할 분량이 적어지는 거니까 아쉬워해야 할지 표정 관리가 참 안 됩니다.

저도 한창때는 정말 숨쉬기도 힘들 만큼 많은 대사를 외웠는데 머리에 쥐가 날 만큼 어마어마한 양이었죠. 인간 한계에 대한 도전이랄까 그랬습니다. 탈진할 정도의 분량이어도 어쨌든 녹화가 끝나면 마음이 참 편안해지면서 어디론가 떠나고 싶어졌죠. 그럴 때는 마음이 통하는 연기자 몇몇과 어디 가서 맛있는 걸 먹기도 하고, 그러다가 한잔하기도 하고, 어떤 때는 디스코텍에 가서 춤을 추기도 했죠. 젊은 남녀 연기자가 어울려 노는 모습을 본 사람들은 '어, 뭐야? 저 둘이 혹시?' 했겠죠. 그런 사람이 제보했는지는 모르겠지만 며칠 후면 주간지 기자가 어김없이 녹화장에 찾아오죠. 은밀히 다가와서는 잠깐 좀 보자고 해요. 순간 며칠 전 일이 떠오르면서 가슴이 철렁하죠. '아이고, 올 것이 왔구나.' 정말 아무 사이 아니고 녹화 끝나고 단둘도 아니고 여럿이 같이 간 거라고 얼굴이 빨개져서 설명을 하는데, 그럼 그분들은 의외로 아주 호의적인 표정을 짓습니다. "아, 나도 알지. 아무 사이 아닌 거 아는데 시중에 소문이 났어. 그래서 두 사람은 아무 사이 아니라고 해명해주려고 그래" 하면서 할 말이 없게 만들지요. 나는 그럴 필요 없다고 간곡히 얘기하지만, 다음주 주간지가 나오는 수요일이 되면 가판에서는 '강석우와 아무개, 심야 디스코텍에서 무슨 일이 있었나' 같은 스캔들 기사가 되는 거죠. 사실 그런 기사는 제목만 자극적이지 실제 읽어보면 별 내용이 없잖아요. 결국 '본인들은 아니라더라'로 마무리되죠.

  그때 같이 드라마를 하던 연기자들도 스캔들의 당사자인 저

영화 〈겨울 나그네〉 개봉 후 KBS 〈연예가중계〉팀 인터뷰.

하고 아무개가 그런 사이가 아니라는 걸 다 알면서도 '그래도
혹시?' 하는 눈으로 바라보는 바람에 괜히 분위기가 어색해서
다 같이 쓰는 분장실에도 못 들어가고 괜히 밖에 바쁜 일이라
도 있는 것처럼 복도를 배회하기도 했던 기억이 납니다. 그 기
사를 쓴 기자는 분장실로 반드시 다시 찾아옵니다. 그러고는 이
해를 좀 해달라고 하죠. 사실 그분들하고도 평소에는 형 동생
하는 사이거든요. 그때는 그런 스캔들이 주간지에 나면 참 힘들
고 부끄러웠는데 지금 생각해보면 다 추억이네요. 〈선데이 서
울〉 〈주간 경향〉 〈주간 한국〉 〈주간 동아〉 등등, 한때 늘 만나던
주간지 기자 몇몇 분의 얼굴이 떠오릅니다.

강석우 스캔들? 진짜?

나를 키운 건
절반이 가난이다

스코틀랜드 민요 | 아서 프라이어 편곡 | The Blue Bells Of Scotland
로드 스미츠 외

요즘 우리는 대부분 한두 가지 취미생활을 하고 있죠. 여건상 지금 당장은 못하고 있더라도 언젠가는 취미생활을 해야겠다는 계획은 갖고 계실 거예요. 사는 게 힘드니 어떠니 해도 우리 세대의 어린 날에 비하면 지금은 그래도 살 만해진 거죠. 단적으로 조간신문에 어김없이 따라 들어오는 다이어트에 관한 전단지만 봐도 다이어트가 필요한 사람이 그만큼 많아졌다는 증거겠죠. 요즘 젊은 사람들이 돈 들이면서 고통 속에 만든다는 '식스팩'이 우리 때는 초등학생은 물론이고 대부분의 중학생들에게 기본적으로 장착(?)이 되어 있었습니다. 물론 헬스클럽에서 운동을 해서 생긴 게 아니라 잘 못 먹고 먼 거리도 늘 걸어다녀서 저절로 생긴 거였죠. (그때는 식스팩이라는 말 자체가 없었어요)

중학교 때 등굣길이 얼마나 됐을까 갑자기 궁금해져서 얼마 전에 가족들과 차를 타고 한번 재봤더니 3킬로미터가 넘더라고요. 매일 왕복 6킬로미터를 걸었으니 몸에 살이 붙을 리가 없었죠. 게다가 짬만 나면 축구는 얼마나 많이 했는지 수업 시간 사이사이 쉬는 시간 10분 동안에도 공을 찼을 정도였죠. 수업 개시 종이 울리면 그제야 땀을 뻘뻘 흘리며 수돗가에 가서 물을 벌컥벌컥 마시고 얼른 머리도 감고 손수건으로 벅벅 문지르고 교실로 달려갔어요. 전부 빡빡머리였던 시절이라 머리 감기도 수월했는데 요즘 학생들 같으면 조금 어렵겠죠. 그리고 수업이 끝나면 또 축구를 한판 합니다. 한두 시간 축구한다고 뛰어다녀봐야 공은 몇 번 못 건드려요. 그냥 우르르 쫓아다니는 거죠. 공 하나에 한 40, 50명 몰려다니니까 운동장에 축구공 서너 개면 200, 300명이 뛰어다니는 거예요. 누가 우리 팀인지, 우리 공이 어느 것인지도 모르고 옆에 굴러가는 공이 있으면 무조건 차고 보죠. 오랜만에 만난 공 힘껏 찬다고 헛발질하기 예사고 기본도 안 되는 실력으로 드리블을 하려다가 자빠지기 일쑤였죠. 축구에 대한 개념도 없었고요.

동네 축구 수준인데 먼지를 뒤집어쓰고 달리던 그 무리에서 장관도 나왔고, 대학 부총장도 나왔고, 의사, 교수는 수두룩하고, 그리고 배우 겸 디제이도 한 명 있죠. 네, 바로 접니다. 그리고 우리하고 같이 볼을 차지는 않았지만 10여 년 후에 그곳에서 우리처럼 뛰어다닌 후배 중에 볼을 잘 차는 후배가 있었는데 이름 대면 혹시 아실는지 모르겠습니다. 홍명보라고 그 친구를 가르치던 체육 선생이 저하고 중학교 동기로 제 짝이었는데, 양정고와 고려대 출신으로 럭비 국가대표까지 했으니 그쪽에서는 정통파죠. 참 조그만 운동장에서 인물 여럿 나왔습니다.

하여튼 하교를 하면 언제나 허기가 졌어요. 학교 옆 중앙시장 모퉁이에 노무자 아저씨들이 먹는 30원짜리 짜장면이 있었는데 그거 하나 편하게 먹지 못하던 시절이었죠. 주린 배로 3킬로미터를 걸어 집에 왔으니 반찬 투정이라는 것은 우리 사전엔 아예 없었습니다. 집에 국이나 김치찌개만 있어도 거기다 밥 비벼서 먹으면 대만족이죠. 김 몇 장, 달걀 프라이 하나쯤 있으면 좋으련만 그것은 꿈같은 얘기였죠. 그 당시에도 햄이나 스팸 같은 게 지구 어딘가에는 있었겠지만 우리집에는 없었습니다.

돌이켜보면 그때 식사 습관이 잘 든 것 같아요. 먹을 게 신통치 않다고 반찬 투정하면서 수저를 던지는 아이들도 있다는 얘기를 들은 것도 같은데 저희 부모님은 그런 아이를 용서할 분들이 아니었죠. 아이들의 못된 버릇을 절대 오냐오냐 받아주는 분들이 아니었어요. 만약에 그런 짓을 하면 약간의 체벌과 함께 몇 끼 굶게 되는 엄중한 책임(?)이 따를 수도 있어서 우리는 그런 짓은 아예 생각도 안 했습니다. 그 덕분인지 저는 결혼해서 지금까지 단 한 번도 반찬 투정을 해본 적이 없습니다. 식사중에 몇 번 속으로 짜증이 난 적은 있어요. 음식이 아주 짰을 때였는데, 저는 짠맛이 강하게 느껴지면 왜 화가 나는지, 그 이유는 모르겠어요.

지금껏 살면서 식탐을 부려본 적도, 음식 투정을 해본 적도 없는 것은 어린 날의 그 지독한 결핍 덕분이 아닌가 합니다. 그런 시절을 잘 지나온 것에 대해서 언제나 감사하고 있고요.

안·강·최
그리고 작가 유현종

비발디 | 조화의 영감 Op.3 No.6 바이올린 협주곡 A단조 중 3악장 '프레스토'
사이먼 스탠디지(바이올린), 트레버 피노크(지휘), 잉글리시 콘서트

이번 태풍으로 2019년 여름은 다 지나갔다고 봐도 무방할 것 같습니다. 올해도 참 더위 걱정 많이 했는데 생각했던 것보다는 견딜 만했어요. 아니면 지나간 더위여서 그런지 뜨거움의 고통은 남아 있지 않네요. 이제는 뭘 해도 좋은 계절, 가을이 왔습니다.

가을은 운동하기에도 그만인 계절이죠. 저는 음악을 많이 좋아하지만 그에 못지않게 스포츠도 엄청 좋아합니다. 보는 것도, 직접 하는 것도 좋아하는데 수영이라든가 서핑, 수상스키같이

물에서 하는 것 말고 웬만한 스포츠는 다 해본 것 같아요. 특히 공을 가지고 하는 운동을 참 좋아하는데, 어릴 적엔 축구를 좋아했죠.

연예인 축구단도 오래 했습니다. 지금은 세상을 떠난 이주일 선생, 이덕화 형, 김형곤씨 등등 연기자와 개그맨, 코미디언을 총망라한 우리나라 최고, 최대의 연예인 축구팀이 있었어요. 제가 그 팀 선수였고요. 그후에는 장동건씨, 이종원씨, 손지창씨 등과 함께 연예인 농구단을 만들게 되면서 단장을 했고, 그 팀으로 인해서 드라마 〈마지막 승부〉까지 나왔죠. 또 한때는 볼링에 빠져서 정말 여러 날을 죽기 살기로 볼링만 했습니다. 물론 연예인 볼링팀도 있었어요. 이택림씨, 장두석씨, 박준금씨가 그 팀에 있었죠. 그리고 스키도 참 오래 탔습니다. 1982년부터 탔으니까요.

제가 해본 운동 중에서는 테니스를 최고로 꼽습니다. 운동량이 엄청나죠. 아마추어는 네 명이 하는 포섬 경기여야 해요. 단식 경기는 여러 여건상 어렵지요. 그래서 거의 복식 게임을 하게 되는데, 복식조 네 명의 합이 맞을 때 테니스가 주는 쾌감은 정말 이루 말할 수 없어요. 하여튼 최고였어요. 과거형으로 얘기하는 이유는 지금은 하지 않기 때문인데, 정확히는 '못한다'고 표현하는 게 맞을 것 같습니다. 체력 소모가 워낙 크거든요.

테니스에 미쳐 있던 그때는 비가 오는 날이면 정말 너무너무 속이 상해서 실내 코트가 참 부러웠어요.

저는 골프도 또래보다 조금 일찍 시작했습니다. 1987년에 본격적으로 시작했으니 벌써 구력이 33년이 넘었네요. 영화 〈겨울 나그네〉 개봉 후에도 같이 작업한 멤버들을 자주 만났죠. 아무래도 안성기 형하고 친해지면서 시간 나는 대로 만나서 같이 이것저것 많이 하며 여기저기 몰려다녔어요. 그즈음에 〈겨울 나그네〉 작가 최인호 형님을 만나기로 하면 언제나 어디어디 골프 연습장으로 오라고 해서 골프 연습하는 모습을 보면서 기다리곤 했죠. 사실 그때는 골프라는 운동에 별로 관심이 없었어요. 나이든 어른들의 운동이라고 생각했죠. 그런데 어느 날 최인호 형님이 "야, 연습해서 같이 치러 다니면 좋지 않냐?" 하셨어요. 그때 최인호 형님은 우리의 큰형님이었고 우리는 형님을 대장으로 생각했기 때문에 부드러운 권유도 명령으로 받아들였죠. 물론 형님의 강요는 아니었지만 그래서 골프를 시작하게 됐어요. 그래서 오늘 밥 먹자, 차 마시자, 영화 보러 가자 하면 거의 골프 연습장에서 만나 차 한 대로 출발하곤 했죠. 아마 그 형님이 골프에 푹 빠졌을 때가 아니었나 싶어요. 골프라는 운동은 시작하면 한 번쯤은 푹 빠지게 되죠. 최인호 형님은 만날 때마다 골프 선수, 골프장, 골프 스윙 등등 골프 얘기만 하던 그런

최인호, 안성기, 곽지균 감독 등 그리운 얼굴들.

시절이었습니다.

그러고는 오랫동안 함께 골프를 쳤어요. 골프도 네 명이 한 팀이 되어서 하게 되죠. 저와 최인호 형님, 안성기 형, 그리고 또 한 분 유현종 선생이 우리 멤버였죠. 다들 근처에 살아서 한 차를 타고 다닐 때가 많았는데 운전은 그 가운데 젊디젊은 저의 몫이었죠. 참 인품이 좋은 분들이어서 같이 어울리는 게 늘 좋았고, 또 끊임없이 이어지는 재밌는 얘기가 참 즐거웠습니다. 소설가 유현종 선생은 필드를 걸으면서 그 당시 개그맨들의 유행어를 계속 말씀하시는데, 우리 셋 누구도 재미있어하지 않았습니다. 그분이 하셨던 말씀 중에 유일하게 기억하는 게 하나 있죠. 셋이서 걷고 있는데 유현종 선생이 뒤에서 "야, 살벌하다. 우와 무섭다" 하며 소리를 치더라고요. 앞서가던 최인호, 안성기, 강석우 세 사람이 멈춰 서서 돌아보며 "왜요?" 했죠. 그랬더니 이러시는 거예요. "이야, 내가 세상에 그 독하다는 안, 강, 최와 골프를 치고 있구나." 이제 한 분은 잘 못 만나고, 다른 한 분은 만날 수 없게 되었는데, 아! 지나간 시절은 다 그립네요.

두부,
잘 지내고 있습니다

헨델 | 오페라 〈세르세〉 중 '정다운 나무 그늘 아래'
데이비드 대니얼스(카운터테너), 로저 노링턴(지휘), 계몽주의 시대 오케스트라

저희 집에서 키우는 강아지 이름이 두부예요, 두부. 두부의 사
연을 아시는 애청자분들도 많을 텐데, 가끔 집에서 키우는 강아
지나 고양이 사진과 에피소드를 올려주시면서 잘 지내고 있는
지, 살아 있는지 두부의 안부를 물어오곤 하시죠. 네, 우리 두부
아직 잘 살고 있습니다.

제 아내하고 거의 매일 동네 한 바퀴를 걷던 때였어요. 한 4년
전쯤입니다. 저녁식사 후 산책하는 길에 동물병원이 하나 있었
는데 어느 날 그 집 유리창 너머로 자그마한 몰티즈가 보이는

거예요. 저는 원래 동물을 좋아하지는 않아서 조그만 강아지도 잘 못 만지는데 창밖에서 그 녀석을 바라보니 얼마나 애교가 많은지 엉덩이를 우리 쪽으로 돌리고는 몸을 흔들면서 춤을 추는 거예요. 그날 우리는 잠시 그 녀석을 흐뭇하게 쳐다보다가 갔지요. 몇 번 그런 일이 반복되다보니까 저녁을 먹고 나면 그 녀석이 눈에 아른거려요. 보고 싶은 거죠. 그래서 언제부턴가 저녁식사 후에는 그 녀석을 만나러 나가게 됐는데 그 앞에 가서도 저희 부부 둘이서 창밖에서 "예쁘다, 예쁘다" 하는 게 다였어요. 그러던 어느 날 가보니, 젊은 사람 셋이 동물병원 안에서 그 녀석을 보며 얘기를 나누고 있는 거예요. 궁금해서 들어갔죠. 옆에서 가만히 들어보니 그 젊은 사람들은 홍콩으로 가야 하는데 그 녀석을 데려가기가 아무래도 어려울 것 같아서 사려다가 그만 포기하는 순간이었습니다. 그 녀석을 데려올 생각이 전혀 없었으면서도 휴우, 하면서 괜히 안도의 숨을 쉬게 되데요.

어느 저녁, 식사를 마치고 또 그 녀석을 보러 갔는데 웬일인지 안 보이는 거예요. 왜 그 순간 가슴이 철렁하죠? 얼른 안에 들어가서 '여기 있던 애 어디 갔냐' 물었더니 창가에서 안쪽으로 옮겨놨더라고요. 보니까 바닥에 조그마한 펜스를 쳐놨는데 그 안에 앉아 놀고 있는 거예요. 그날도 안도의 숨을 쉬었습니다. 그날 허락을 받고 처음으로 강아지를 손으로 만져보고 안아 봤는데 동물의 체온이 생각보다 따뜻하더군요. 그날 집으로 돌아오면서 쟤가 어디로 가게 되면 우리는 못 견딘다, 데려오자, 그렇게 부부가 뜻을 같이했고 다음날 바로 가서 두부를 데려오게 됐습니다. 그때는 두부가 아니었죠. 그냥 작은 몰티즈였죠. 정말 예쁘고 순했어요. 그때 이미 대소변을 다 가렸습니다. 우리 가족 모두의 사랑을 독차지하게 됐죠.

그리고 한 6개월쯤 지났어요. 어느 날 뒷모습을 보는데 걷는 게 좀 이상해요. 똑바로 걷지를 못하고 몸이 왼쪽으로 돌아가는 것 같아요. 가슴이 또 덜컹 내려앉았죠. 얼른 강아지들 대학병원에 가서 피를 뽑고 MRI를 찍었는데 결과가 좋지 않습니다. 뇌수막염이라는 참 비관적인 얘기를 들었어요. 앞으로 6개월 정도 살 것 같다고 했죠. 같이 갔던 우리 네 식구가 얼마나 울었는지. 그후로 자다가 새벽에 경련을 하면 그 녀석을 안고 응급실 달려가는 날이 얼마나 많았는지요. 아픈 아기 데리고 사는 거죠.

어느 날부터 우리 부부가 가족 예배를 볼 때 제가 두부를 안고 기도를 하기 시작했습니다. 근데 두부도 우리 부부가 가족 예배를 시작하려고 하면 슬쩍 우리 곁으로 가까이 다가오는 거예요. 그때 병원에서는 6개월쯤 산다고 했는데 6개월 지나고 3년을 더 살았어요. 고통을 견뎌내며 잘 살아주는 것이 고맙죠. 우리의 노력도 노력이지만 고통의 밤을 잘 이겨내는 두부가 대단해요. 어느 날 아침에 보면 변을 좀 지려놓고 입가에 거품 같은 물기가 묻어 있을 때가 있어요. 지난밤 혼자서 경련이 오는 고통의 시간을 이겨낸 거죠. 참 안쓰럽습니다. 이제는 낮에 가끔 격하게 놀면 그날 저녁에 두부가 경련을 할 것 같은 느낌이 오는 날이 있어요. 그럴 때는 저희 딸 다은이가 거실에서 두부를 데리고 잡니다. 아빠는 아침에 라디오방송 하러 가야 하니까 푹 주무시라면서요. 아직 아프지만 두부, 우리 가족의 사랑 속에 잘 지내고 있습니다.

네번째 가곡,
〈내 마음의 왈츠〉

크라이슬러 | 푸냐니 스타일의 서주와 알레그로
정경화(바이올린), 필립 몰(피아노)

지난 10월 1일 화요일, 열시에 나가는 〈아름다운 당신에게〉 우리 가곡 시간에 제가 만든 네번째 가곡이 방송되었죠. 제가 만든 곡이 방송되면 언제나 몸에 긴장감이 느껴지고 목소리도 약간 들뜨는 것 같은 느낌이에요. 청취자 여러분들께 들키지 않으려고 애를 쓰죠. 드디어 네번째 곡을 완성해서 발표를 하게 됐는데, 그 전날까지도 수정을 하며 나름대로 최선을 다했습니다.

처음 그 곡을 만들었을 때, 하고 싶은 이야기도 참 많고 멜로디 라인도 많았는데 어디를 정리해야 할지 모르겠더라고요. 제가 만든 멜로디는 저에게는 다 예쁘고 다 좋았으니까요. 그걸 잘라내려면 냉정함이 필요한데 몇 달을 고민하다가 '이것은 내가 할 수 있는 일이 아니구나' 하는 생각에 이르렀어요. 그렇다면 전문가에게 자문을 구하자 싶어서 두루두루 수소문을 했더니 몇 사람이 뮤지컬 음악감독 김문정씨를 만나보라고 해요. 그분의 전화번호를 알아내서 실례를 무릅쓰고 전화를 했는데 다행히도 반갑게 받아주었어요. 자초지종을 얘기하고 시간을 좀 내달라고 했더니 흔쾌히 그러마고 했어요. 만나기로 한 날, 그날 오후를 정말 기대하고 있었는데 낮에 문자가 왔어요. 오늘 약속을 취소해야겠다는 것이었어요. '어우, 일 참 안 풀리네' 하는 생각이 들었고 무슨 일이냐고 했더니 오늘 갑자기 시아버지가 돌아가셔서 그렇다고 하더라고요. 다시 만날 기약 없이 우선 알았다 하고 전화를 끊었는데 참 허전하데요. 오랫동안 오늘 미팅을 고대했으니까요.

그후 한 달쯤 뒤에 다시 문자를 넣었어요. 참 바쁜 분이더군요. 당시에 뮤지컬 세 편인가 네 편을 동시에 준비하고 있더라고요. 겨우 통화가 되어서 역삼동 어느 연습실로 찾아갔지요. 간식 시간에 잠깐 시간을 내서 저를 만나주었는데, 제가 만든 곡을 피아노를 치면서 잠깐 불러보더니 "노랫말 여기 여기는 과감하게 버리고 라라라라라, 라라라라라라, 여기가 예쁘니까이 부분은 좀더 반복하면 어때요?"라고 얘기하더군요. "아우, 그 멜로디가 아까운데……" 했더니 "다음 노래 만들 때 쓰시면 되잖아요"라고 하는 거예요. "아, 그런 방법이 있군요." 왜 다음 곡에 그 부분을 쓸 생각을 못했는지, 그날 집에 돌아와서 김감독의 조언대로 내가 애지중지 미련을 버리지 못하던 부분을 과감하게 버리고 '라라라라'를 더 넣었죠. 그랬더니 뭔가 복잡했던 느낌의 곡이 정리가 되면서 좀 깔끔해진 것 같더라고요. 역시 잘 찾아갔어요. 정말 결정적인 해답을 얻어 왔습니다.

방송이나 뮤지컬 쪽에서는 굉장히 유명한 분이라는데 저하고는 일면식도 없었고 제게 그분에 대한 정보가 전혀 없었어요. 사실 처음 들어보는 이름이었고요. 곡을 잘 만들고 싶다는 욕심이 크다보니 길이 열린 거죠. 편곡을 할 때도 집요하게 물고 늘어졌어요. 편곡자에게 미안한 마음이 들어서 그랬죠. "나 같은 작곡자는 좀 피곤하지?" 그랬더니 "아니에요. 젊은 친구들은 더 해요"라고 하더라고요. 아, 젊은 친구들은 쉽게 쉽게 가는 줄 알았더니 끝까지 최선을 다해서 만지는구나 하는 생각이 들었습니다.

'솔로 악기는 어디에 넣을까?' '왈츠 리듬은 어느 정도 세기로 넣을까?' 등등 많은 의견을 주고받으며 결국 악기와 보컬 녹음을 하루에 다 하는 강행군을 했어요. 녹음이 끝나고 집에 왔는데 마음이 썩 좋지가 않아요. 밤새 고민 후 다음날 바로 재녹음을 하기로 했죠. 그사이에 가사도 좀 수정을 했고요. 사실 녹음하던 날 소프라노 강혜정씨가 코에 알레르기가 와서 비음이 약간 섞였어요. 그게 좀 마음에 걸렸고, 바리톤 송기창씨는 평소와 달리 목소리에 에너지가 없는 것 같았어요. 제가 전화해서 무슨 일이 있었냐고 물었더니 녹음 전날 지방에서 오페라 공연을 끝내고 올라왔고, 녹음 당일에는 아침부터 다이어트를 해서 굶고 녹음을 하러 왔다는 거예요. "어휴!" 어쨌든 재녹음을 했고 드디어 제 마음에 쏙 들게 곡이 완성됐습니다. 이제는 듣는 분들의 몫이죠.

크라이슬러가 자기가 만든 곡에 자신이 없었는지 1700년대에 살았던 푸냐니라는 사람의 곡이라면서 새로 발굴한 곡을 소개한다며 연주한 적이 있어요. 자신의 곡에 대한 평가에 자신이 없었던 것이죠. 그의 그 심정이 요즘 이해가 됩니다.

담요 한 장으로
오디오 업그레이드하다

존 필드 | 녹턴 5번 B플랫장조 '안단티노'
존 오코너(피아노)

저는 아무리 생각해도 타고나기를 음악을 참 좋아하는 사람임에 틀림없습니다. 그걸 어떻게 알 수 있냐고요? 우리가 성인이 되면 자기 일을 찾아 하게 되죠. 돈을 벌고, 그러다 조금 여유가 생기면 어릴 때부터 하고 싶었던 뭔가를 하게 되죠. 드디어 오랜 꿈을 조금씩 펼쳐보는데 바로 그때 알게 됩니다.

남자들은 취미가 생기면 그 취미에 돈을 들이기 시작하는데, 저도 우리 시대의 많은 남자들처럼 오디오에 관심을 갖기 시작했습니다. 여윳돈이 조금씩 생기기 시작하면서 바로 갖게 된 것이 오디오 세트인데요. 그렇다고 고가의 오디오 세트를 장만할 만큼의 형편은 안 됐습니다. 아무튼 처음 갖게 된 것이 오디오 리서치(Audio Research)의 약자인 AR 스피커와 SANSUI 일체형 앰프, 그리고 소니 CD플레이어였어요. 마니아의 오디오 세트라고는 할 수 없는 초보적인 조합이었지만, 들고 다닐 수도 있는 카세트데크에 투웨이(2-way) 스피커로 음악을 듣던 지난날에 비하면 참 환상적이었습니다.

그후 형편이 조금 더 나아지면서 여러 차례 업그레이드를 하게 되었고, 끊임없이 용산전자상가를 들락거리면서 지금까지 오게 됐습니다. 오디오에 대한 관심과 듣는 귀는 저 하늘 꼭대기에 있었지만, 어느 정도 적당한 선에서 스스로 합의를 해야만 했죠. 왜냐면 오디오의 세계는 만족이란 게 없는 게임이거든요. 몇 년에 한 번씩은 발동(?)이 걸리는데 오디오상가에 가서 이 집 저 집 들어가 좋은 오디오로 음악을 얻어듣고 집에 오면, 그동안 만족하며 잘 듣던 거실의 오디오가 괜히 싫어지고 얼마 전에 듣고 온 남의 집 앰프와 스피커 세트가 사랑스러워지면서 결국은 몽유병 환자처럼 그 오디오 가게 유리창 앞에 서 있게 되는 거죠.

몇 달 전에는 큰 사고는 아니고 간단한 사고를 쳤는데요. 정말 오랫동안 갖고 싶었던 스피커였어요. 세팅을 끝내고 기쁜 마음에 CD를 걸었는데 웬걸, 먼저 듣던 스피커만도 못한 거예요. 뭔가 좀 명료하지 않고 음이 어지럽게 섞여 나오는 것 같았죠. 낙담한 정도가 아니라 정말 삶에 의욕이 없어지는 기분이었습니다. 제 마음이 그랬어요.

그때부터 내가 원하는 소리를 찾기 위한 피나는 노력이 시작되었는데, 오디오란 취미는 정말 피가 많이 납니다. 피 같은 돈이 많이 드니까요. 파워앰프를 바꾸면 될까 해서 바꿨는데 별로 변화가 없었어요. CD플레이어까지 업그레이드를 강하게 했는데도 별 효과가 없었고, 오디오 세트를 길들이겠다고 각종 장르의 CD를 넣고 훈련시키듯 들었는데 별 변화가 없어요. 자연스럽게 정이 슬슬 떨어지기 시작하데요. 그저께 목요일 방송을 마치고 집에 들어가서 그 오디오와의 마지막 작별을 준비하며 마음에 썩 들지 않는 그 오디오를 켜고 마지막으로 여기저기 전문가들에게 전화로 상담을 하는데 모든 사람의 처방이 제각각이었습니다. 결국은 다들 제법 돈이 드는 아이디어를 제안하는데, 그중 한 분이 혹시 스피커와 스피커 사이에 TV가 놓여 있느냐고 묻더라고요. 그래서 그렇다고 했더니 TV가 크냐고 해서 좀 큰 편이죠, 했더니 그러면 TV를 담요로 씌우고 한번 들어보라는 거예요. 유리 같은 재질의 TV에서는 예민한 반사음이 많이 나와서 어지러울 수도 있다면서요. 그래, 뭐 돈 드는 것도 아니고 해서 그분 조언대로 당장 담요를 씌우고 그동안 제일 어지럽게 들렸던 CD를 넣고 들었는데, 와! 그 담요 한 장으로 골칫거리가 90퍼센트 이상 해결됐습니다. 소리가 얼마나 깨끗하게 나오는지요. 역시 우리집 거실에 반사음이 많았던 거예요. 오디오 기기보다는 청음 환경이 문제였습니다.

그간 나를 힘들게 하던 그 묵직한 문제가 담요 한 장으로 해결이 됐습니다. 이 기쁜 소식을 여러분께 전합니다.

앞좌석 머리 받침대를 뜯어내고
〈사운드 오브 뮤직〉을⋯

뮤지컬 영화 〈사운드 오브 뮤직〉 중 '에델바이스'
줄리 앤드루스&크리스토퍼 플러머(노래)

아이를 키우면서 방송을 듣는 애청자분들 참 많습니다. 어떠세요? 애 키우다보면 고민이 참 많지 않습니까? 남들이 키우는 걸 보면서는 참 쉽다고 느끼며 '아이를 왜 저런 식으로 키우지? 나는 저렇게 안 키운다'라는 생각도 했을 겁니다. 그런데 막상 자신이 아이를 키우게 되면 난감할 때가 참 많죠. '아, 이럴 때는 어떻게 해야 하지?' 그러다보면 전에 남들이 했던 대로 따라 할 수밖에 없죠. 지금도 많은 젊은 사람들이 나는 나중에 남들과 다르게 아이를 키우겠다, 아이의 입장에서 키우겠다고 다짐

하지만 사실 쉽지 않은 일이에요. 그래서 결국 남들이 갔던 길을 따를 수밖에 없는 경우가 많고요. 부모가 자녀 교육에 대해 소신이 없고 헌신하지 못하면 어쩔 수 없이 대다수 부모가 갔던 길로 갈 수밖에 없죠.

우리는 아이를 키울 때 여기저기 많이 돌아다녔어요. 그래서 차에 있는 시간이 많았는데, 그때 도대체 뭘 해주면 좋을까 고민을 많이 했지요. 차 안에서 여느 집처럼 끝말잇기도 하고, 개그맨 흉내도 내고, 네 가족이 목소리 연기로 드라마놀이 같은 것도 하고, 별별 것을 다 해봤습니다. 그런데 지금 생각해도 참 잘한 게 있습니다. 서너 시간 또는 대여섯 시간 가는 긴 여행에서는 말로 하는 놀이도 한계에 다다르는데, 그래서 차 안에서 아이들에게 좋은 영화를 보여주면 좋겠다는 생각을 하게 됐죠. 그런데 막상 차 안에서 영화를 보여줄 방법이 없더라고요. 제가 SUV를 타고 다닐 때였는데 뒷자리에 탄 아이들이 앉은 채로 영화를 볼 수 있도록 차내를 개조할 수밖에 없었죠.

지금은 그런 기능과 옵션이 있는 차들이 많지만 그때는 앞좌석 머리 받침대의 후면에 TV 모니터가 달린 차들이 없었어요. 그래서 내가 연구에 연구를 거듭한 끝에 뒷자리에서 영화를 볼 수 있는 방법을 찾아냈어요. 차 안에서 영화를 보려면 우선은 리모컨으로 컨트롤이 되는 DVD 플레이어가 설치되어야 하는데 그것은 트렁크에 설치하면 되죠. 거기까지는 누구에게나 쉬운 일입니다. 화면 설치가 문제였죠. 헤드레스트 후면의 가죽을 과감하게 찢어서 잘라내고 그 안에 든 스펀지를 뜯어내듯 파내고 6인치 모니터를 심었죠. 그리고 배선을 했더니 생각했던 대로 모양이 나왔어요. 그리고 우리 아이들에게 꼭 보여주리라 결심했던 〈사운드 오브 뮤직〉 DVD를 걸었더니 와! 정상적으로 플레이가 되는 거예요. 당연한 일인데도 화면이 나오고 노래가 나오니까 정말 기분이 좋더라고요. 그후 주말이나 명절 때 어딘가를 가게 되면 우리 아이들은 〈사운드 오브 뮤직〉을 틀어달라고 아우성이었죠. 그러다보니 그 영화의 스토리라든가 대사, 노래를 외울 정도로 많이 보게 됐지요.

아바의 공연 실황을 담은 다큐도 즐겨 봤어요. 지인 중에 국내에서 대학원까지 마치고 미국으로 유학을 가서 불과 몇 년 만에 박사학위를 받고 바로 몬트리올 대학의 교수가 된 딸을 둔 부모가 있어요. 따님이 어떻게 영어를 그렇게 잘하게 됐냐고 물었더니 그 어머니께서 "우리 딸 어릴 때부터 아바의 노래를 들려줬어요"라고 하더라고요. 그래서 얼른 아바의 DVD를 구해서 틀어주었죠. 저도 참 순진해요. 그래도 최상의 작품들을 보여준 것이긴 하죠.

제법 값이 나가는 차였는데 나중에 중고로 팔 때 시세는 생각도 안 하고 머리 받침대 후면을 칼로 찢어내고 그 안쪽 스펀지까지 뜯어낸 것은 그때나 지금이나 후회하지 않습니다. 오히려 그렇게 〈사운드 오브 뮤직〉을 보여준 것이 다행한 일이고 잘한 일이라고 생각하죠. 그것도 저한테는 좋은 추억이네요.

저는 〈사운드 오브 뮤직〉을 중학교 때 단체 관람으로 본 것 같은데, 지금도 '완벽한 뮤지컬 영화다'라는 생각에는 변함이 없습니다.

서울 성북구 보문동 4가 76
'보문동 한옥'

야나체크 | 피아노 모음곡집 〈잡초가 우거진 오솔길에서〉 중 '프리덱의 성모'
안드라스 시프(피아노)

유안진 선생의 글 「지란지교를 꿈꾸며」는 많은 분들이 애송, 애독했었죠. 따뜻한 편지 같은 그 글은 이렇게 시작되죠. "저녁을 먹고 나면 허물없이 찾아가 차 한 잔을 마시고 싶다고 말할 수 있는 친구가 있었으면 좋겠다." 요즘 들어 그런 친구에 대한 생각이 많이 듭니다. 사실 그렇게 하고 싶은 친구가 있는데, 그 친구는 나보다 더 바쁜 것 같아서 폐를 끼칠까 염려가 되어 만남을 자제하고 있어요. 그런데 그쪽은 저보다 더 예의바른 사람이라 오히려 저에 대해서 그럴 거라고 생각하고 있습니다. 「지란

지교를 꿈꾸며」의 첫 문장이 떠오르고 친구가 그리운 것을 보니 가을은 가을인가보네요.

어머니께는 그런 친구분이 계셨어요. 어머니와 같은 교회에 다니면서 서로 인사 정도 나누는 같은 동네 권사님이었는데 언제부턴가 두 분이 급격하게 친해졌고 어머니는 매일 그 댁을 다녀오는 것 같아 보였어요. 어머니는 평생 일을 많이 하셔서 여기저기 쑤시고 아픈 데가 많았는데도 해야 할 일이 생기면 미루지 않고 벌떡 일어나서 하시는 활동적인 분이었어요. 반면에 그 친구분은 몸이 약하고 평생 머리에 통증을 갖고 살아서 특별한 일이 아니면 외출도 하지 않고 집에서 쉬거나 누워 계신다고 하더라고요. 그래서 어머니가 짬만 나면 병문안을 겸해 말동무를 해드리러 가는 것이었는데, 제 생각에는 품위 있고 따뜻한 그분에게 고단하고 힘든 삶을 사는 어머니가 오히려 더 위로를 더 받고 오는 게 아닌가 싶었죠. 어린 날부터 보고 들으며 갖게 된 그분에 대한 인상은 한 송이 수선화 같다는 것이었습니다.

이미 오래전 일이 돼버렸는데 제가 살던 동네가 재개발이 된다고 집을 기한 내에 비워달라고 했죠. 요즘 뉴스에서 많이 볼 수 있는 그런 장면입니다. 그 보상금으로는 서울에서는 갈 데가 없고요. 지금처럼 머리에 띠 한번 못 두르고 찍소리도 못하고 떠나야 하는 그런 상황이었나봅니다. 그런데 우리 어머니가 띠를 매긴 매셨네요. 몇 날 며칠 걱정을 하느라 머리에 띠를 질끈 매고는 누워 계셨으니 말이죠. 아마 그때 그 친구분이 "좀 멀긴 한데 우리한테 집이 하나 있어요. 우선 거기 가서 살면 어때요?"라고 말씀하셨을 거예요. 학생 때여서 자세한 내용은 모르지만, 저희는 아무튼 말도 안 되는 적은 전세금을 내고 그분이 말씀하신 집으로 옮기게 되었는데, 그 집이 바로 내가 늘 좋은 추억으로 떠올리는 '보문동 한옥'입니다.

우리 가족은 부산에서 올라와 서울 중구에서만 살아서 성북구는 멀게 느껴졌어요. 하지만 이내 저한테 자동차가 생기면서 그 거리는 극복이 되더라고요. '보문동 한옥'에서 복작거리며 살던 때의 추억과 그 집 자체에 대한 추억이 참 많습니다. 겨울이 오기 전에 서둘러 김장을 하시고, 땀을 뻘뻘 흘리면서 장을 직접 담그시던 어머니의 모습도 떠오르고, 추워지기 전에 아버지가 연통을 사다가 직접 설치하신 난로, 난로의 온기에 한기가 사라져 따뜻한 가운데 벌건 연탄불에 밤, 고구마, 오징어를 구워먹던 일, 녹화가 밤 열한시 넘어 끝나고 집에 가는 길에 장충동에 들러 족발을 사서 들어가면 주무시던 외할머니도 깨시고 아버지, 어머니, 여동생, 온 식구가 모두 모여 맛있게 먹던 일도 기억이 나네요.

사실 그 집은 엄청나게 낡은 집이었어요. 더운 여름날 러닝셔츠 바람으로 멍하니 마루 끝에 앉아 있으면 그래도 좀 시원했죠. 크지 않은 마당의 주인공은 펌프였습니다. 어쩌다 사용하려면 처음에 마중물을 넣어야 하지만, 늘 사용하는 우리집 펌프는 시원한 물이 언제나 콸콸 나왔죠. 거기서 세수도 했고, 머리도 감았고, 여름에는 짜릿한 등목도 했어요. 세탁기가 있는데도 손빨래를 해야 깨끗하다며 펌프 물 좀 올려다오, 하시던 어머니의 모습도 기억에 남아 있네요. 낡았지만 우리 가족에게는 추억과 감사가 넘치는 그런 집이었습니다. 나이가 들면서 당시 어머니 친구분의 배려는 아무리 친한 사이여도 쉽게 해줄 수 있는 일이 아니라는 생각에 더욱 깊이 감사하게 되었죠.

그러다가 집을 사서 역삼동으로 이사를 했고, 거기서 결혼을 해 신혼을 보냈고, 아들이 태어났고, 재담가였던 외할머니는 세상을 떠나셨고, 후에 지금 사는 동네로 이사를 해서 예쁜 딸이 태어났고, 그리고 어머니, 아버지와 이별을 했고…… 깊어가는 가을, 그런 추억들이 떠오르네요.

최선을 다해 뜯은
명동 통닭

브람스 | 바이올린과 첼로를 위한 2중 협주곡 A단조 Op.102 중 2악장 '안단테'
야샤 하이페츠(바이올린), 그레고르 퍄티고르스키(첼로), 앨프리드 월런스타인(지휘),
RCA 빅터 심포니 오케스트라

예전에도 여름은 매년 더웠을 텐데, 날씨가 더워지기 시작하면 올해 더위가 가장 심한 것 같다고 느끼게 되지요. 요 며칠 참 더웠죠. 우리는 농경사회에서 비롯된 24절기에 익숙한데 우리와 친근한(?) 초복, 중복, 말복은 거기에 들어가지 않더군요. 복날은 중국에서 유래했는데 음력 6월, 7월에 초복, 중복, 말복이 들어 있습니다.

매해 복날이 뉴스거리가 되어서 그런지 복날 음식을 꼭 찾아서 드시는 분들도 많은 것 같아요. 좋은 일이죠. 보양식을 먹으면 좋다는 데에는 다 이유가 있겠죠. 보신탕에 대해서는 호불호에 따라서 입장이 첨예하게 대립되니 피하기로 하고요. 올해는 삼계탕이라도 안 먹으면 안 되겠다는 생각이 들었어요. 아무리 더운 여름이지만 이런 생각이 든 것은 살면서 처음입니다. 요즘 일이 많기도 하고 더위 때문에 잠을 잘 못 자서 그런가 싶기도 하네요.

폭염주의보가 내렸던 지난 수요일, 그날은 초복이었습니다. 낮에 오랜만에 대학로에 가서 연극을 봤는데 탤런트 윤유선씨가 주연이었어요. 연극도 재밌고, 긴 대사를 참 잘하데요. 그걸 보면서 이제 난 연극은 못하겠다는 생각이 들었습니다. 그 긴 대사를 어떻게 외우나 싶었죠. 윤유선씨에게 경의를 표하고 나왔는데 집에 가는 길이 유난히 피곤했어요. 더위 때문인지 식욕도 별로 없어서 점심을 제대로 못 먹어 굉장히 허기지고 힘들었는데 갑자기 명동의 옛날 그 통닭집이 생각나는 거예요. 학생때 노릇노릇하게 익어가는 통닭을 창밖에서 바라보며 군침만 엄청 삼키고 한 번도 들어가보지 못했던 한 맺힌 그 통닭집. 그 집이 떠오른 김에 오늘 가보자 하는 결심이 섰고, 바로 명동 쪽으로 핸들을 돌렸습니다.

저녁 일곱시가 넘었는데 대기번호 27번을 받아들었습니다. 견디기 힘든 고소한 냄새에 허기진 배를 움켜쥐고 서서 기다리는데 다행히 테이블 회전이 생각보다 빠르더군요. 아내는 삼계탕 한 그릇, 저는 전기구이 통닭 중간 사이즈 한 마리. 노릇노릇하게 껍질까지 잘 익은 통닭은 무절임과 정말 환상의 조합이었어요. 역시 나의 기대를 저버리지 않았죠. 40년 전, 별다른 운동을 하지 않아도 식스팩이 새겨져 있던 시절에 이걸 먹었더라면 아마 이 고소함에 기절을 했을지도 모르겠다고 아내에게 너스레를 떨면서도 시선은 통닭에 집중하고 한입, 한입 최선을 다해 뜯었습니다. 통닭을 붙들고 사투(?)를 벌이는 저 바로 뒤에 대기 손님들이 거의 붙어 서 있었기 때문에 부담스러워서 서둘러 먹게 되었죠. 약 20분 만에 가뿐하게 한 마리를 처리하고 이쑤시개를 입에 물고 나와 주차장으로 걸어오는데 내가 뭔가 큰일을 처리한 듯한 느낌인 거예요. 그러고 보니 40년 만에 결국 그집 통닭을 뜯고 포만감을 느끼며 명동 어느 모퉁이를 돌고 있는 것이었어요. 내 그런 심정을 아는 사람은 아마 아무도 없었겠죠. 기분좋은 저녁이었습니다.

〈메모리〉는
역시 바브라 스트라이샌드

앤드루 로이드 웨버 | 뮤지컬 〈캐츠〉 중 'Memory'
바브라 스트라이샌드(노래)

요즘은 그렇지 않지만 내가 아주 어리거나 젊었을 때는 우리가 절대 할 수 없다고 생각했던 일들이 있었죠. 그런 높은 벽들이 있었는데 특히 스포츠 분야에서 그랬습니다. 메이저리그에 우리나라 선수가 등장한다는 것은 꿈도 못 꿀 일이었죠. 그러나 세월이 흘러 박찬호 선수를 비롯해서 여러 한국 선수들이 활약했고, 지금도 활약하고 있습니다. 요즘 LPGA만 봐도 한국선수들이 너무 많은 게 아닌가 할 만큼 한국이 휩쓸고 있습니다. 축구도 마찬가지죠. 전에는 우리 선수들이 유럽 리그에서 뛴다는 게 어디 가능한 일이었습니까. 그리고 또하나가 있어요.

1980년대 후반에 뉴욕으로 영화 촬영을 가게 되었는데, 뉴욕에 가면 제일 먼저 가보고 싶었던 곳은 바로 브로드웨이였어요. 촬영 스케줄을 마친 후 귀국할 사람들은 귀국하고 저는 이왕 뉴욕에 왔으니 브로드웨이 뮤지컬을 보려고 며칠 더 머물기로 했습니다. 예약을 하고 극장으로 갔죠. 〈레 미제라블〉 〈미스 사이공〉 〈Try to Remember〉라는 노래가 유명한 〈판타스틱스〉, 이렇게 세 편을 봤어요. 공연을 보고 극장을 나와서 걷는데 고대했던 뮤지컬을 봐서 즐거운 게 아니라 뭔가 자꾸 좌절감이 드는 거예요. 연기와 노래, 춤이 다 되는 배우가 뉴욕에는 너무 많더라고요. 물론 잘하기도 했고요. 우리나라에도 연기와 노래와 춤이 다 되는 배우가 과연 있을까 하는 생각에 우울해졌죠. 동양에 있는 어느 나라의 배우로서 나는 의미가 있나, 그런 생각이 들 만큼 마음이 축 가라앉았어요.

3년 뒤 휴가 때 다시 뉴욕에 갔습니다. 그때까지만 해도 뉴욕은 화려한 꿈의 도시였죠. 이번의 뉴욕은 3년 전과는 위상이 조금 달라진 것 같았어요. 이번에는 뮤지컬 〈캣츠〉를 보았는데, 극장 전체를 고양이들이 사는 창고로 개조한 것이 인상적이었어요. 〈캣츠〉에서는 〈Memory〉가 유명하죠. 그 노래가 끝나자 극장을 가득 메운 관광객들의 우레와 같은 박수로 난리가 났습니다. 그러자 늙은 고양이 역의 배우가 〈Memory〉를 다시 한 번 부르는 거예요. 공연 중간에 앙코르가 돼버린 거죠. 공연 중간에 앙코르를 한다? 생소하면서 처음 보는 광경이라 어색한 기분마저 들었습니다. 지금 내가 보고 있는 이 공연은 세계적인 수준의 뮤지컬이 아니라 관광객을 위한 쇼에 불과하다는 생각이 드는 거예요. 그러면서 그간 넘을 수 없던 마음의 벽이 허물어지면서 브로드웨이가 조금 만만해 보이기 시작했어요. 소문으로만 접했던 명성과 실제로 보면서 받은 느낌은 역시 달랐습니다.

우리나라의 많은 뮤지컬 관계자들도 저와 같은 생각을 한 것은 아닌가, 그래서 오늘날 우리도 연기와 노래와 춤이 다 되는 실력 있는 배우들을 갖게 됐고, 유능한 공연 기획자들과 훌륭한 스태프 덕분에 이제는 비싼 비행기 타고 뉴욕까지 가지 않아도 좋은 뮤지컬을 보게 된 것 아닌가 싶었습니다. 격세지감을 느끼면서도 감사하다는 생각을 갖게 됐지요.

〈Memory〉를 부른 성악가들을 아무리 찾아 들어봐도 내 귀에는 바브라 스트라이샌드만한 가수가 없는 것 같습니다.

우리는 왜
아무데서나 먹을까

엘가 | 〈수수께끼 변주곡〉 Op.36 중 1변주 'C. A. E'
앤드루 데이비스(지휘), 필하모니아 오케스트라

오늘은 조금 불편한 말씀을 하게 될 것 같아요. 시간이 가면서 나아졌으면 하는 것들이 있는데 그러기는커녕 점점 더 나빠지는 게 있죠. 공연장 안에서 통화하고, 사진 촬영하고, 시끄럽게 떠들고…… 요즘의 음악 연주회장과 극장 얘기입니다. 급기야는 그런 몰상식함 때문에 감상에 방해를 받았다고 느끼는 내가 오히려 문제일까 하는 데까지 생각이 미쳤습니다. 우리의 상식이 무너진 게 아니라 바뀌었다고 생각하고 받아들여야 나도 편하지 않을까 하는 생각까지 해보게 됩니다.

우리는 공연장에서 차분하게 앉아 연주를 기다리던 세대죠. 영화는 혼자서든 둘이서든 조용히 감상했지요. 요즘은 영화 감상이 친구들과 음식을 먹고 대화를 하면서 즐기는 '관람놀이'가 된 게 아닌가 싶습니다. 간단한 음료는 잔기침을 막을 수도 있고 영화를 보다보면 목이 마를 수도 있으니까 양해할 수 있습니다. 팝콘은 냄새가 고소해서 견딜 만한데 최근에는 떡볶이와 순대까지 들고 들어와서 펼쳐놓고 먹더군요. 여기가 극장인지 식당인지, 닫힌 공간에서 진동하는 그 냄새에 불쾌감이 극에 달했던 적이 있습니다. 아무렇지도 않게 그것들을 먹는 사람들과 그런 환경에서 영화 보는 게 싫어지는 나. 무슨 차이일까요? 요즘 나는 왜 자꾸 그런 생각을 하는 걸까, 오히려 스스로를 책망하게 되더군요. 다른 사람들은 가만히 있는데 나만 왜 이런 것으로 힘들어하나 하고요.

혹시 오래전에 산이든 강이든 계곡이든 친구, 가족끼리 모이면 장소에 상관없이 불판을 꺼내서 삼겹살을 굽고 소주를 마셨던 우리 세대의 잘못은 아닐까 싶어요. 그런 우리의 모습이 이어진 건 아닐까, 하고 여러 가지 생각을 하게 됩니다. 품위 있고 매너 있는 삶으로 돌아가기는 늦은 것 같아서 씁쓸합니다. 더 마음고생하기 전에 저도 그런 것을 아무렇지 않게 바라보는 법을 터득해야겠다는 생각을 하게 됐습니다. 정말로 저는 답을 모르겠더군요.

졸혼 연구할 시간에
배우자를 공부하라

〈A Love Until The End Of Time〉
플라시도 도밍고(테너), 모린 맥거번

〈아름다운 당신에게〉에는 여러분이 생각하시는 것보다 훨씬 더 많은 문자가 매일 와서 제 앞에 펼쳐집니다. 요즘 제법 많이 오는 눈에 띄는 문자가 있는데 그 가운데 하나는 얼마 전에 제가 펴낸 책에 관한 것입니다. 〈강석우의 청춘 클래식〉을 읽고 감상을 보내주시는 분들이 심심찮게 계세요. 좋은 말씀 많이 보내주셔서 고맙기도 하고요. 그 문자에 용기가 생겨서 두번째 책을 펴내고 싶다는 생각도 하게 됩니다. 우리 프로그램은 애청자들이 보내주시는 문자의 격이 높은 편이죠. 품위가 있습니다.

그리고 아무래도 드라마에 대한 문자가 많이 옵니다. 두 부부가 등장하는 신이 제일 재밌다, 기다려진다는 내용도 있고, 얄미운 연기, 팔 다친 연기를 어쩌면 그렇게 실감나게 잘하느냐고, 그런 사람 싫다고 하시는 분들도 계시죠. 차규택이라는 인물은 제가 생각해도 남편감으로는 썩 바람직하지는 않은 것 같습니다. 드라마는 대부분 해피엔드를 지향하기 때문에 과연 두 사람이 '졸혼'을 하게 될까 생각을 해보는데, 그러면 그 과정이 무척 번거로울 거예요. 그런데 요즘 시청자들은 제가 말씀드리지 않아도 내용을 이미 다 파악하고 진행 과정과 결말까지 훤히 알고 있는, 말 그대로 드라마 도사들이시죠. 이미 감을 잡고 계실 겁니다.

요즘 저한테 개인적으로 졸혼에 대한 의견을 물어보는 분들이 꽤 있는데, 글쎄요, 저는 유행처럼 잠깐씩 떠오르는 일에는 관심을 갖지 않는 편이지요. 만약 졸혼을 하면 어떨까, 생각을 해볼 수는 있겠죠. 이혼보다 덜 번거롭고 밖에 알려지지 않기 때문에 남의 눈치를 보지 않아도 된다는 게 장점이랄까요. 그런 것을 장점이라고 해도 되는지 모르겠지만요.

산다는 것이 그렇습니다. 웬만한 노력 없이는 몇십 년 동안 같이 잘살기 어렵죠. 사랑의 유효 기간만 보면 이 세상에 해로할 부부가 어디 있겠습니까. 부부로 살아가는 일에는 사랑 그 이상의 것, 그리고 눈에 보이지 않지만 둘만 느끼는 뭔가가 존

재하지 않나요? 서로에 대한 연민, 둘만의 추억, 새로 탄생한 가족, 오래 함께해온 세월도 쉽게 떨쳐버리긴 어렵겠죠. 이혼에 대한 세상의 눈이 부담스러우니 살짝 비켜 가보자는 게 졸혼의 핵심인 것 같아요. 현재 일본이나 우리나라에서도 적은 숫자이긴 하지만 졸혼이 이루어지고 있다는 걸 뉴스에서 본 적이 있습니다.

그런데 졸혼에 대해 연구할 시간에 차라리 배우자를 연구해서 배우자가 싫어하는 것은 피하고 좋아하는 것은 적극적으로 해주려는 마음을 갖는 게 낫지 않나요? 저는 그렇게 생각하는데 제가 세상을 너무 낭만적으로 보고 있는 건가요?

담배를 피우면
얼굴이 커진대

쇼팽 | 왈츠 3번
조성진(피아노)

〈아름다운 당신에게〉를 귀담아듣는 분들은 제가 유난히 싫어하는 두 가지를 눈치채셨을 거예요. 그 두 가지를 좋아하는 분들은 그것들을 싫어하는 저를 싫어할 수도 있겠지만, 오늘은 그중에 하나인 담배 얘기를 해보겠습니다. 음식점 등 실내에서는 금연이 된 탓인지 요즘에는 걷기가 불편할 정도로 길거리에서 담배 냄새가 진동을 하죠. 서로가 불만일 거예요. 무방비로 담배 냄새를 맡아야 하는 사람과 좁은 장소에서 담배를 피워야 하는 사람. 대부분의 비흡연자들은 길을 걸을 때 맡게 되는 담배 냄새를 싫어하지요.

나이가 들어가면서 담배 냄새가 유난히 싫어지는데, 사실 저도 담배를 오래 피운 사람이에요. 고등학교를 졸업하고 나서 피우기 시작해 1991년 12월 1일에 끊었으니까 꽤 오랫동안 연초를 태웠죠. 제 인생에서 가장 잘한 일을 꼽으라고 하면 우선은 아내를 만난 것이죠. 이걸 먼저 안 꼽으면 제 생존에 지장이 있습니다. 그다음으로 잘한 일이 바로 금연을 한 거라고 여러 군데서 얘기합니다. 재수할 때 담배 피우다 아버지한테 걸렸는데 어머니의 중재로 다시는 태우지 않기로 3자 약속을 하면서 일단락이 됐습니다. 물론 그후에도 몰래 피웠죠. 끊지 않고 피운 걸 부모님들도 아셨을 테고요. 나이가 들어서 결혼을 하고 자식들이 생기니까 슬슬 걱정이 됐습니다. 우리 애들이 담배를 피우면 어떡하나 하고요. 그래서 담배만은 안 된다고 주의를 시키다 보니까 저부터 끊어야겠더라고요. 그래서 끊었습니다. 아이들도 지금껏 담배를 피우지 않아서 고맙기도 하고요.

얼마 전에 고등학생 딸아이가 흡연하는 걸 알게 된 아버지의 문자를 짧게 소개해드렸죠. 그게 나의 일이었다면, 하는 생각을 했습니다. 그걸 알게 되었을 때 부모들은 얼마나 놀랄까요. 그런데 사실은 놀랄 일이 아닙니다. 담배 피우는 것이 범죄도 아니고, 호기심이 조금 일찍 발동한 정도죠. 그런데 왜 부모들은 충격을 받을까요? 왜냐면 아이들이 마냥 어린애인 줄 아니까 그렇습니다. 그에 반해 아이들은 나는 이제 어린애가 아니라는 걸 흡연으로 표현하는 거죠.

자녀를 설득할 때 놀란 표정으로 너무 비장하게 얘기하면 오히려 반감이 생기니, 쉽지는 않겠지만 흥분을 가라앉히시고 오늘 한 방에 해결하겠다는 마음도 버리세요. 강압적인 표현도 절대 금물입니다. 남의 아이를 대하듯이 객관적, 논리적으로 대화를 시작해야 합니다. 건강에 매우 좋지 않다는 걸 구체적인 예를 들어 설명하면서, 네 몸에서 나는 담배 냄새와 역한 입냄새는 예쁜 너와는 어울리지 않는다고 설득을 해야죠. 그러면서 '요즘은 작은 얼굴이 대세인데 담배 피우면 얼굴 커진대'라든가, 근거가 있는지 없는지는 모르겠지만 '네 나이 때 담배를 피우면 키가 안 자란대'라고 조금은 가볍게 얘기하는 게 훨씬 효과적일 거라고 생각합니다. 그리고 담배 피우는 모습이 멋있을 거라는 착각은 하지 말라고 부드럽게 얘기해야 하는데, 어려운 일이긴 하죠. 혹시 아버님이 잘할 자신이 없으면 아내분께 맡기셔도 좋겠습니다.

지금도 달걀은
양보 못해!

드보르자크 | 〈보헤미안 숲으로부터〉 중 5곡 '고요한 숲'
재클린 뒤 프레(첼로), 다니엘 바렌보임(지휘), 시카고 심포니 오케스트라

어릴 적에 먹었던 음식 가운데 지금도 가끔 생각이 나면서 먹고 싶은 게 몇 가지 있습니다. 제가 어릴 때는 외식이라는 게 거의 없었는데, 그래서인지 입학식이나 졸업식 때 밖에서 먹은 음식이 지금도 뚜렷이 기억납니다. 교회 주일학교에서 임원을 하게 되면 토요일 오후에 회의 등을 마치고 가끔 외식을 할 수 있었습니다. 교회 앞 중국집에서 먹었던 짜장면이나 울면이 생각나네요. 탕수육은 아주 특별한 날에만 시켜 먹었죠. 그리고 그 옆집에서 만두와 찐빵을 팔았는데 한입에 쏙 들어가는 크기여

서 서너 명이 가면 쟁반에 수북이 쌓아놓고 먹었던 기억이 납니다. 아주 오래전 이야기지만 그 당시에 잘 가던 중국집이 퇴계로 5가에 있던 복성원, 명발원인데 어른들은 그런 집을 '청요릿집'이라고도 했지요. 중국집에 들어가면 "엽차 한 잔 주세요" 했던, 엽차라는 말을 쓰던 시절입니다.

그 시절 음식 가운데 한번 더 먹고 싶은 게 있어요. 그때는 전기밥솥이 없어서 아침저녁으로 새로 밥을 해서 먹었죠. 뜨거운 밥을 한 그릇 받으면 위쪽 밥을 덜어내고 중간에 버터를 한 순가락 넣죠. 그리고 다시 밥을 덮고 버터가 녹을 정도의 시간을 기다렸다가 간장으로 비벼서 먹으면 간이 잘 맞고 맛이 기가 막히게 고소했습니다. 여유가 있을 때는 버터 대신 날달걀을 하나 넣고 뜨거운 밥에 달걀이 살짝 익을 만큼 기다렸다가 역시 간장에 비벼서 먹었죠. 지금 생각해도 환상적인 맛이에요. 달걀도 충분히 먹지 못하던 시절이라 그랬겠지만 지금도 저는 가끔 혼자서 달걀밥을 해 먹습니다. 지금도 맛이 있어요. 저희 세대는 달걀에 대해 결핍으로부터 온 남다른 애정이 있죠. 식당에서 달걀말이, 달걀찜, 달걀 프라이가 나오면 다른 사람보다 더 많이 먹고 싶은 욕심이 아직도 있습니다. 최근에 달걀에서 살충제 성분이 검출되기도 했는데 결국은 대량 생산의 폐해죠. 옛날에 집 뜰에 놓아먹이던 닭이 낳은 달걀이 참 좋은 것이었다는 생각이 들어요. 우리가 달걀을 유난히 좋아했던 이유는 그 시절의 달걀이 실제로 맛있었기 때문입니다.

지금도 소비자인 우리 모르게 쉬쉬하는 먹을거리가 얼마나 많을까 염려가 됩니다. 경제적 이익 앞에서는 양심도 필요 없는 건가 하는 생각이 듭니다. 우리 세대는 별의별 불량식품을 다 먹고 살아왔죠. 그럼에도 불구하고 지금까지 건재함에 감사합니다. 우리 다음 세대는 제발 제대로 된 음식만 먹는 그런 세상이 되길 다시 한번 바랍니다.

'신인'은 신인다워서
이쁘다

브람스 | 교향곡 4번 E단조 Op.98 중 1악장 '알레그로 논 트로포'
존 엘리엇 가디너(지휘), 혁명과 낭만 오케스트라

저의 데뷔 영화 〈여수〉를 보신 분들도 많이 계시죠. 1978년이니까 벌써 햇수로 40년이 됐군요. 꽤 많은 세월이 흘렀습니다. 10년이면 강산이 변한다는데 강산이 네 번 변하는 동안 많은 작품을 했습니다. 40년이면 기술 분야에서는 명장이 될 수 있는 기간인데 연기의 세계에선 꼭 그렇지는 않습니다. 새로운 작품을 시작할 때의 마음가짐은 신인 때나 40년이 흐른 지금이나 똑같습니다.

신인 배우들이 연기를 어려워하는 건 연기 외에 다른 문제가

대학 시절 〈맥베스〉 무대.

더 크기 때문인 것 같아요. 인물 분석이나 표현도 쉽지 않겠지
만 신인이라고 해서 특별히 배려하는 것 없는 어려운 현장 분
위기 때문에 많이 힘들어하는 것 같아요. 드라마가 시작될 때는
중견 연기자들도 인물의 성격을 완벽하게 파악하고 나오는 경
우는 많지 않습니다. 조금씩 진행이 되면서 스토리와 에피소드
를 통해 인물의 성격이 정리가 되고, 배우들끼리의 연기 호흡에
따라 앙상블이 이루어지는 것이죠. 서로의 눈빛이 익어가는 과
정은 반드시 필요해요.

　다른 배우들도 그러리라고 생각하는데 저는 촬영 시작하고

한두 주가 참 힘들어요. 작가나 연출자가 그리고 있는 인물의 이미지와 제가 처음 표현한 인물의 성격이 다를 수도 있으니까요. 어떤 드라마는 첫 신부터 착착 들어맞아서 기분 좋게 시작되기도 하지만, 첫 신을 찍자마자 고개를 갸우뚱하게 되는 어색한 분위기가 연출될 때도 있습니다. 그럴 때는 순간적으로 스트레스를 엄청 받죠. 생각해보니 신인 때는 저도 복통이 생겼을 만큼 현장의 어색함을 견디기가 어려웠어요. 처음 만나는 연기자와 하는 연기와 평소에 친한 연기자와 하는 연기는 차이가 많죠. 그래서 영화의 경우에는 촬영 전에 배우들끼리 미리 만나 차도 마시고 식사도 하고 경우에 따라서는 술도 한잔하면서 서로의 눈동자를 익혀 현장에서 연기를 편하게 하려고 노력을 했는데 요즘에는 그런 게 없어진 듯해요. 지금은 배우 대 배우가 아니라 회사 대 회사라서 그런 것 같은데 결코 바람직하지 않지요.

그동안 제가 했던 주말연속극 〈아버지가 이상해〉가 오늘, 내일 마지막 방송을 앞두고 있습니다. 무사히 촬영을 마쳤습니다. 다치지 않았고 크게 아프지 않았으니 감사할 일이죠. 주말에 드라마 시청하고 월요일 아침에 기다렸다는 듯이 격려의 문자를 주시는 애청자 여러분들께도 감사드리고요. 또하나의 좋은 추억으로 남을 것 같습니다. 가을이 다 가고 있는데 드라마가 끝나니 약간의 허전함도 있고 휴식에 대한 기대감도 있고, 묘한 기분이 드는 아침입니다.

내 인생에
아직도 '새로운 것'이 있다니…

강석우 시, 작곡 | 〈그리움조차〉
송기창(바리톤)

〈아름다운 당신에게〉 토요일 코너죠. 그동안 방송되었던 '강석우의 플레이 리스트'가 『청춘 클래식』이란 제목으로 얼마 전 책으로 나왔습니다. 저로서는 참 감사한 일이죠. 책을 낸다는 것은 제가 살면서 꿈꿔본 적도 없고 다른 사람들의 일로만 여겨졌는데 출판된 책을 보니 묘한 느낌이 들더군요. 제 이름과 얼굴이 박혀 있는 책 표지를 보면서 뿌듯해하기보다는 이것도 나의 일이었나, 고개를 갸웃하며 실감을 못하고 있는 그런 상태입니다. 사실 책 출판을 의식하면서 그 코너를 진행하지는 않

〈강석우의 청춘 클래식〉 초판 표지 이미지.

왔죠. 〈아름다운 당신에게〉를 진행하는 동안 저에게 정말 많은 일들이 일어났어요. 제가 많은 일들을 벌이기도 했고요. 음반도 냈죠, 올해 초에 음악회도 열었죠, 그리고 이제 책까지 나왔죠. 제 인생에서 전혀 계획에 없던 일들이 제 앞에 펼쳐지는 이런 상황들이 재미있기도 합니다.

책이 처음 나왔을 때 신문사 인터뷰를 많이 하면서 가곡을 작곡하겠다는 말을 하게 됐어요. 마음속 깊은 곳에 그런 생각이 있었는지, 아니면 얼떨결에 한 실언이었는지 모르겠어요. 가곡을 좋아하는 마음 때문이었을까, 아니면 뭔가 기삿거리를 줘야 한다는 부담 때문에 '오버'를 한 걸까, 저도 잘 몰랐죠. 하지만 시작이 어땠든 좋은 과정을 거쳐 좋은 결과가 나와서 만족스럽습니다.

먼저 시를 쓰기 시작했고, 작곡을 하기 위해 건반을 배웠고,

여기저기 자문을 구하면서 알게 된 '로직'이라는 음악 작업용 소프트웨어를 다루기 위해 선생님을 모셔서 레슨도 받으면서 가곡 작곡이 구체화되기 시작했습니다. 차근차근 두 곡의 가사를 다듬었고 멜로디도 쓰고 고쳐가며 여러 달 전심전력을 다해 소프라노 곡과 바리톤 곡 두 곡을 완성했습니다. 편곡도 마쳤고요. 지난 화요일 상암동 스튜디오에서 현악과 관악 반주 녹음을 마쳤습니다.

노래를 불러줄 사람이 있을지 염려가 되었는데, 다행히 악보를 본 성악가들이 흔쾌히 같이 작업하겠다고 해줘서 다음 주 화요일에 소프라노 김순영씨, 바리톤 송기창씨와 보컬 녹음을 할 예정입니다. 참여해주시기로 한 두 분께 정말 고맙죠. 다만 아직까지 제목을 확정하지 못해서 고민중인데요, 빠르면 9월 중순에 한 곡 정도는 먼저 선을 보일 수 있을 것 같습니다. 결과물이 어떻게 나올지 걱정이지만 한편으로는 기대가 되기도 하고 무척 궁금합니다.

그러나 이것으로 끝이 아니고 앞으로 계속할 일이기 때문에 먼저 시를 부지런히 써야겠다고 마음먹고 있습니다.

부로바 시계,
한 번만 맞아주라

마르티니 | 〈사랑의 기쁨Plaisir D'amour〉
안젤라 게오르규(소프라노), 맬컴 마르티노(피아노)

경제적으로 풍족하지 않았던 어린 시절, 당연히 선물을 주고받는 일이 별로 없었고, 선물이라는 개념조차 없었지 않나 싶어요. 아주 특별한 날이어야 할 수 있는 외식이 큰 선물이었고, 월급날 퇴근길에 아버지가 사 오시는 닭튀김, 일명 시장통닭 같은 게 선물이었죠. 초등학교를 졸업하면 중학생이 되는 기념으로 만년필이나 영어사전을 사주시기도 했고요. 우리 때는 중학교에 진학하는 것도 부모님들이 자랑스러워했습니다. 종손이나 장남 정도 되면 중학교 입학식에 가족 모두가 참석해서 집안의 경사인 양 엄청 대견스러워했지요. 당시에는 초등학교까지만 의무교육이어서 초등학교만 마치고 중학교에 진학하지 못한 친구들도 적지 않았어요.

나는 중학교 2학년이 되었을 때 아버지한테서 첫 선물로 부로바 손목시계를 받았는데, 물론 새 시계는 아니었고 아버지께서 차고 다니시던 것이었는데도 하늘을 날 듯이 기뻤죠. 그런데 그 시계는 그날부터 계속 시계방에 가야 했을 만큼 가는 시간보다 서 있는 시간이 더 많았어요. "아예 안 가면 하루에 두 번은 맞을 텐데……" 그런 얘기를 농담처럼 하기도 했죠. 요즘 중학생들은 시계를 차나요? 지금이야 휴대폰이 시계를 대신하니까 찰 필요를 못 느낄 것 같은데, 우리 때는 손목시계야말로 최고로 폼을 잡을 수 있는 귀중품이었지요. 교복을 입었기 때문에 다 고만고만하고 멀리서 보면 특징도 없이 똑같이 생긴 녀석들인데, 손목에 시계를 차고 있으면 뭔가 번쩍 눈에 띄는 것 같은 느낌이었어요. 시간을 보기 위해서라기보다는 자랑을 하려고 찼던 손목시계. 처음 시계를 차고 학교에 가면 친구들 보라고 괜히 왼손을 들어올려서 팔을 흔드는 거죠. 시곗줄이 땀 때문에 손목에 붙어 있는 걸 떼어내면서 시계 찬 걸 자랑하죠. 하기야 어금니에 금을 씌운 걸 자랑하던 시절이니까요. 자랑할 만한 게 정말 없던 시절입니다.

선물이라는 건 예나 지금이나 사람의 기분을 좋게 하고 누구에겐가 자랑하고 싶게 하죠. 〈아름다운 당신에게〉에도 선물이 있습니다. 커피 쿠폰. '가격으로 보면 별거 아닌데 그걸 뭘 그렇게 받으려고 하세요.' 제가 가끔 그런 식으로 얘기한 적이 있지요. 얼마 전 애청자께서 보내주신 문자가 저를 참 부끄럽게 했습니다. 매일 애청하는 사람에게 진행자의 이름과 프로그램 이름이 박힌 그 쿠폰이 얼마나 의미 있는 것인지 아느냐는 것이었죠. 주변에 얼마나 자랑하고 싶은지 아느냐고요.

애청자 여러분들에게 진행자가 먼저 좋은 선물이라고 내세울 만한 것은 아니라서, 너무 약소하고 미안한 마음도 있고 해서 그렇게 말씀드린 것이었는데, 우리 애청자들께서 가격과 상관없이 기분좋게 받아주시니 그 또한 얼마나 고마운지요. 커피 쿠폰. 작지만 귀한 선물이구나, 다시 생각하게 되었습니다. 적어도 〈아름다운 당신에게〉 가족끼리는 그렇습니다.

참 따뜻한 신사
이원세 감독님

유재하 | 〈사랑하기 때문에〉
리처드 스톨츠만(클라리넷), 빌 더글러스(신시사이저)

얼마 전에 가곡 녹음 때문에 상암동에 있는 스튜디오에 갔는데
조금 일찍 현장에 도착했습니다. 무척 바쁜 날이었어요. 일이
늦게 끝날 것 같아서 저녁을 든든히 먹어야겠기에 식당을 찾으
려고 두리번거리는데 벽에 펄럭이는 플래카드에 아주 오랫동
안 잊고 지냈던 눈에 익은 이름이 보였어요. 이름이라고 하면
안 되죠. 성함이 보였습니다. 33년 전에 같이 영화 작업을 했던
감독님의 성함이었습니다. 성함만 봤는데도 정말 반가웠습니
다. 좋게 기억되는 분이거든요. 말씀하시는 모습도 선했고 인상

도 푸근했죠. 신인인 저에게도 매너가 좋았던 분이었습니다. 가만 보니까 한국영상자료원이 거기에 있더군요. 거기서 '마스터 클래스'라는 이름으로 그분의 회고전을 한다는 홍보 플래카드였습니다. 얼마나 반갑던지 같이 걷던 아내에게 "난 저분 정말 꼭 한번 뵙고 싶어" 하면서 아주 오래전에 영화 찍은 얘기를 하며 저만의 추억에 잠시 빠졌습니다. 식당에 가서 식사를 하고 예정된 녹음을 하고 정말 지친 육신을 끌고 귀가한 날이었습니다.

그리고 1주일쯤 지났나요. 모르는 번호로 문자가 왔어요. 열어보니까 '강석우씨, 오랜만입니다. 영화 작업을 함께했던 이원세입니다. 30년이 지났는데 기억을 하시나요?' 이런 문자였습니다. 순간 아득해지면서 며칠 전에 봤던 그 이름과 33년 전 〈이방인〉이라는 영화를 찍던 날들이 생각나면서 얼마나 반가웠던지 바로 전화를 드렸습니다. "감독님, 접니다. 오랜만입니다." 보통 낯선 번호로 온 문자나 전화, 수십 년 만에 잊고 지냈던 이름으로 걸려온 전화에는 약간 멈칫하게 되죠. 그동안 지내온 세월을 모르니까요. 무슨 일일까, 혹시 나를 귀찮게 하는 것은 아닐까 하는 생각도 들고요. 그런데 그분의 성함은 그럴 생각을 할 겨를도 없이 저를 무장해제시켰습니다. 촬영 현장의 분위기를 어려워하는 신인 배우를 정말 편안하게 대해주셨고, 급하게 다그치거나 얼굴을 한번 붉힌 적이 없는, 신사다웠던 분으로 기억에 남아 있습니다.

전화는 9월 15일부터 22일까지 감독님의 작품이 상영되는 행사가 열린다는 소식이었습니다. 20대 초반의 이혜숙씨, 〈바보들의 행진〉의 하재영 선배와 함께했던 영화 〈이방인〉. 겨울 제주를 중심으로 촬영했던 많은 날들이 기억납니다. 알몸으로 바다에 뛰어들기도 했죠. 눈도 엄청 오고 견디기 힘들 정도로 추웠던 그해 겨울 제주도……

우리는 지금
어디쯤 와 있는가

모차르트 | 디베르티멘토 D장조 K.136 〈잘츠부르크 교향곡〉 1번 중 1악장 '알레그로'
하겐 콰르텟

지난주에 늦은 휴가를 다녀왔죠. 많은 분들이 휴가 얘기, 여행 얘기를 해달라고 하시는데 지극히 사적인 이야기라 방송에선 웬만하면 하지 않으려는 게 저의 생각입니다. 그래도 여러 군데를 통해, 특히 SNS를 통해서 한 가지 얘기는 하고 싶다고 예고한 바가 있습니다.

이번에 오스트리아 빈과 잘츠부르크를 중심으로 여행을 했는데, 빈은 참 아름다운 도시더군요. 역시 도착한 순간부터 빈 필의 신년음악회가 떠올랐는데 그것은 매해 세계적인 관심사죠. 올해 지휘는 누가 할 것인가. 내년에는 또 누가 할 것인가. 올해는 베네수엘라 출신의 구스타보 두다멜이 맡았고, 내년 2018년의 신년음악회 지휘는 리카르도 무티로 정해져 있죠. 그렇다면 2019년에는 누구일까, 이게 음악을 좋아하는 사람들의 관심사입니다. 신년음악회가 열리는 곳은 1870년에 개관한 '무지크페라인'이라는 공연장인데 '음악협회'라는 뜻이라고 합니다. 메인홀의 이름은 황금홀인데 가보면 왜 이름이 황금홀인지 금방 알 수 있습니다. 실내 여러 군데에 금장식이 돼 있어서 번쩍번쩍합니다. 그래서 황금홀입니다. 워낙 유명한 홀의 공연이 있어서 빈에 도착하자마자 표를 샀죠.

당일은 날씨가 쌀쌀했어요. 따뜻하게 챙겨 입고 물 한 병 사 들고 무지크페라인으로 슬슬 걸어갔는데 극장 앞에 도착한 순간 깜짝 놀랐어요. 수많은 관광버스에 여기저기 휘날리는 여행단 깃발, 그리고 자욱한 담배 연기. 어느 나라의 관광객들이 단체로 서 있었습니다. 안으로 들어갔는데 실내도 여간 복잡한 게 아니었습니다. 홀도 마찬가지여서 여느 관광지를 방불케 했죠. 저는 2층 맨 앞자리를 예약했는데 저희 자리엔 딴 사람이 앉아 있었고 사진 찍느라고 난리가 났습니다. 극장 안이 얼마나 시끄러운지 '아, 잘못 왔구나' 싶었죠. 2층 전체가 동양의 어느 나라 관광객 단체석이구나 하는 생각에 난감했는데 곧 연주가 시작되려 하는데도 계속 떠들어요. 조용한 음악이 흘러나오면 시차 적응중인 저 사람들이 잠이 들겠지, 그럼 조용해지겠지, 그리고 인터미션이 지나면 지루해서 반쯤은 나가겠지, 혼자 그러길 바라며 참을 수밖에 없었죠. 그런데 연주중인데도 제 뒷사람은 계속 떠들어요. 두어 번 몸을 뒤로 틀어서 나름 그 사람들을 노려봤는데 점잖게 봐서 그런지 내 눈길이 안 먹히더군요. 어쩌면 그날 공연 자체가 단체 관광객을 위한 것이었는지도 모르겠네요. 말 그대로 관광상품에 가까운 연주회였습니다.

인터미션이 끝나고 밖에서 좀 쉬다가 기대를 갖고 자리로 갔습니다. 그랬더니 웬걸, 아직도 자리가 거의 꽉 차 있어요. '어, 웬일이지?' 하기야 단체로 버스를 타고 왔으니 가긴 어딜 가겠습니까. 날씨도 추운데 말이죠. 자더라도 거기서 자는 거죠. 다 포기하고 어느 정도 고통을 느끼면서 연주회장에 앉아 있었습니다. 그 유명한 무지크페라인 황금홀에 앉아보고도 본전 생각이 나더군요. 앞으로 혹시 그곳에 가시게 되면 1층으로 예약을 하시기 바랍니다.

그런 중에도 자국의 예복과 전통의상을 깨끗하게 차려입고 온 우리 옆 나라 사람들을 보면서 생각이 많아졌어요. 우리는 지금 어디쯤 와 있는가 하고요.

강석우의
아름다운 당신에게 2

내가 사랑하는 음악, 그리고 사람 사는 이야기

초판 1쇄 인쇄 2020년 2월 24일
초판 1쇄 발행 2020년 3월 3일

지은이 강석우 | 펴낸이 신정민

편집 신정민 | 정리 장영경 | 디자인 엄자영 | 저작권 한문숙 김지영
마케팅 정민호 김경환 | 홍보 김희숙 김상만 오혜림 지문희 우상희
모니터링 이희연 | 제작 강신은 김동욱 임현식 | 제작처 영신사

펴낸곳 (주)교유당
출판등록 2019년 5월 24일 제406-2019-000052호

주소 10881 경기도 파주시 회동길 210
문의전화 031) 955-8891(마케팅) | 031) 955-3583(편집)
팩스 031) 955-8855
전자우편 paper@munhak.com

ISBN 979-11-90277-32-7 03800
     979-11-90277-30-3 03800(세트)